I0537626

MÁS FUERTE QUE EL SILENCIO

# MÁS FUERTE QUE EL SILENCIO

NURISS CLARK

# DEDICATORIA

A Dios, que en medio del silencio más profundo siempre susurra con amor, y que convierte cada lágrima en semilla de esperanza. Sin Él, ninguna palabra de esta historia habría nacido. Esta novela es, antes que nada, un testimonio de que Su amor todo lo sostiene, incluso cuando el mundo parece desmoronarse.

A todos los que han sentido el peso de los murmullos, las críticas o el rechazo. A quienes alguna vez pensaron que su voz no valía lo suficiente, que su historia no merecía ser contada, o que el amor verdadero era un sueño demasiado lejano. Este libro es para ustedes, para recordarles que lo que Dios une, nadie puede separar, y que siempre habrá una fuerza más grande que cualquier silencio que intente apagarlos.

Y también, para los corazones que siguen creyendo en la ternura, en la fe que levanta, en la esperanza que renueva y en el amor que transforma. Que estas páginas sean un refugio, un abrazo y una promesa de que siempre, siempre hay un camino cuando el corazón se aferra a lo eterno.

# INTRODUCCIÓN

Hay amores que nacen en silencio, como un susurro tímido que apenas se atreve a respirar. Hay amores que crecen en medio de los murmullos, entre miradas que juzgan y voces que condenan. Y hay amores que, a pesar de todo, se levantan más fuertes que las murallas, más firmes que los prejuicios, más verdaderos que las apariencias.

Esta es la historia de Esther y Ron. Ella, una joven sencilla de un barrio humilde, con sueños callados y un corazón lleno de fe. Él, hijo de una familia respetada, con un futuro trazado por la voluntad de otros y el peso de un apellido. Dos caminos que, en apariencia, nunca debieron cruzarse... pero que en la casa de Dios encontraron un punto de encuentro que ningún silencio pudo apagar.

Lo que estás a punto de leer no es solo una novela cristiana romántica. Es un reflejo de lo que ocurre cuando la fe sostiene al corazón en medio de la tormenta, cuando el amor desafía la oposición y cuando el alma se aferra a la promesa de que nada, ni siquiera los rumores más crueles, puede silenciar lo que Dios une.

Aquí comienza un viaje de emociones intensas, de lágrimas y sonrisas, de pruebas que parecen imposibles y de una esperanza que nunca muere. Porque, al final, siempre habrá una voz que se alce sobre el miedo, sobre el rechazo, sobre la oscuridad…

Una voz más fuerte que el silencio.

# ÍNDICE

# PRÓLOGO

Hay historias que llegan al mundo en susurros, demasiado frágiles al inicio para decirse en voz alta. Nacen en lugares ocultos—entre miradas, entre oraciones, en el latido callado de dos corazones que se atreven a soñar

Esta es una de esas historias.

Y comienza con silencio.

El silencio de las miradas que juzgan.

El silencio de voces que hieren sin pronunciar palabra.

El silencio de un mundo que murmura: *Ustedes no deben estar juntos.*

Pero el amor nunca se ha doblegado ante el silencio. El amor escucha una voz más grande—la voz de Dios, que une lo que nadie puede separar, que escribe historias que ningún rumor logra borrar, que da valentía cuando todo alrededor intenta asfixiar la esperanza.

Esther jamás imaginó que su vida tranquila y ordinaria

la conduciría a un amor tan profundo. Ron nunca pensó que tendría que escoger entre la voluntad de su familia y la de su propio corazón. Y sin embargo, en la casa de Dios, donde los susurros se transforman en oración, sus caminos se encontraron. Desde ese instante, nada pudo apartarlos—ni el rechazo, ni la oposición, ni siquiera el silencio más denso.

Lo que sostienes en tus manos no es solo una novela cristiana de romance. Es un viaje de fe y de amor, de pruebas y victorias, de lágrimas que se vuelven oración y de oraciones que se convierten en milagros.

Al recorrer estas páginas, prepárate para reír, para llorar, para sentir que tu corazón se estremece y luego se eleva con esperanza. Porque esta no es solo la historia de dos personas: es el testimonio de que cuando el amor rompe el silencio, el cielo entero se regocija.

Y una vez que empieces, no querrás detenerte hasta descubrir hasta dónde pueden llevar el amor, la fe y la esperanza a un alma que se niega a rendirse. Porque el amor —el verdadero amor— nunca fue creado para permanecer en silencio.

# CAPÍTULO 1
# UN BANCO EN EL PARQUE

Nunca he tenido mucho. Eso lo sé desde que tengo memoria. En mi casa nunca sobraba nada, pero tampoco faltaba lo indispensable: un techo de lámina que sonaba como tambor cuando llovía, un cuarto pequeño que compartía con mi hermana menor, y la mano trabajadora de mi madre, que aunque se partiera la espalda limpiando casas, jamás dejó de sonreírme al final del día. Crecí acostumbrada a apretar las monedas antes de subir al bus, a guardar mi única blusa bonita para el domingo y a no pedirle nada a nadie más que a Dios Tal vez por eso me acostumbré a caminar ligera. Mi cartera era siempre pequeña, apenas cabía un Nuevo Testamento arrugado, un espejo que había heredado de mi abuela y una peineta de plástico rosa. No llevaba más porque no tenía más, y porque tampoco me hacía falta. La sencillez me había enseñado a agradecer hasta lo mínimo.

Los domingos eran especiales. Desde niña, mi madre nos llevaba de la mano a la iglesia del barrio, con su fachada sencilla y las bancas de madera que crujían con cada movimiento. Allí crecí escuchando himnos, aprendiendo versículos y soñando, en secreto, que algún día Dios también tendría guardada para mí una historia diferente. Me gustaba pintarme el cabello, aunque algunos me miraban raro por eso. Era mi pequeño acto de rebeldía, de belleza, de afirmación en medio de tantas limitaciones. El color en mi pelo me recordaba que yo también podía brillar, aunque fuera un destello breve en medio de la rutina gris.

Recuerdo con claridad aquel domingo. Desde el inicio algo era distinto. Me senté en mi banca habitual, cerca del pasillo, y de repente lo vi.

Ron.

No era la primera vez que venía a la iglesia; de hecho, lo había visto desde hacía años, en los cultos de jóvenes, pero esa mañana lo miré con otros ojos. O quizá fueron sus ojos los que me miraron a mí de un modo distinto.


Él estaba al otro lado, sentado junto a su madre. Vestía con elegancia sencilla, camisa blanca perfectamente planchada, pantalón oscuro, zapatos que brillaban como si fueran nuevos cada día. Su postura era recta, como si cargara encima el peso de una educación exigente. Tenía esa presencia que hacía que todos lo notaran, pero lo que a mí me atrapó fue el modo en que sus ojos buscaban. Parecía que observaba más allá del sermón, más allá de las paredes, como si anhelara algo que aún no tenía

Cuando el coro empezó a cantar, nuestras miradas se cruzaron. Yo bajé los ojos enseguida, con el corazón martillando en mi pecho. Sentí las mejillas arder, y apreté la cartera contra mi regazo como si pudiera esconderme detrás de ella.

El sermón fue sobre la fe como semilla de mostaza. Lo escuché, pero al mismo tiempo no lo escuché. Cada vez que levantaba la vista, encontraba que él volvía a mirarme, y eso me desarmaba.

Al terminar el servicio, como de costumbre, muchos salieron a saludar, a intercambiar comentarios sobre el sermón, a reír con viejos conocidos. Yo me quedé un momento sentada, fingiendo que buscaba algo en mi cartera. En realidad, necesitaba respirar hondo y calmar los nervios

Fue entonces cuando lo sentí cerca. Una sombra se inclinó sobre mí y escuché una voz grave, baja, educada:

—Perdona... ¿este asiento está ocupado?

Levanté la vista, y allí estaba él. Ron, de pie, con una sonrisa tímida que contrastaba con su porte seguro.

Me quedé muda unos segundos. Apenas alcancé a negar con la cabeza.

—Gracias —dijo, y se sentó, aunque ya el culto había terminado y la mayoría estaba saliendo.

No hablamos más. Él parecía querer decir algo, pero no lo hizo. Yo jugueteaba con la peineta de mi bolso, rogando que mi corazón no latiera tan fuerte. Fue un momento breve, insignificante quizá para cualquiera que lo hubiera visto. Pero para mí fue el comienzo de algo que aún no podía nombrar.

Esa tarde, no quise ir directo a casa. El aire estaba tibio y el cielo azul invitaba a caminar. Crucé el parque que estaba frente a la iglesia, ese mismo donde los niños jugaban con pelotas viejas y los ancianos se reunían a hablar de política. Había un banco vacío, medio oculto bajo un árbol grande. Me senté allí, dejando que la brisa me despeinara. Cerré los ojos un instante y oré en silencio, pidiéndole a Dios que me ayudara a entender por qué mi corazón latía distinto

No pasaron ni diez minutos cuando escuché pasos. Abrí los ojos, y allí estaba él otra vez.

18

—¿Puedo sentarme? —preguntó, con esa misma cortesía inesperada.

No supe qué decir. Solo asentí.

Se sentó a mi lado, dejando un espacio prudente, como si temiera incomodarme. Durante un rato, ninguno habló. El murmullo de las hojas y las risas de los niños llenaban el silencio

Al fin, él suspiró.

—Siempre vengo aquí después del culto. Me gusta pensar... y aquí nadie me interrumpe.

—Yo también vengo —contesté casi en un susurro—. Es tranquilo.

Se giró hacia mí, y nuestras miradas volvieron a encontrarse. Había sinceridad en sus ojos, y algo más: una ternura que no esperaba.

—Te he visto muchas veces —dijo al fin—. Pero hoy... no sé. Hoy no pude dejar de mirarte.

Mi corazón dio un salto. Sentí que me ruborizaba, y bajé la vista al suelo.

—No deberías decir eso... —murmuré, aunque en el fondo deseaba escucharlo una y otra vez.

—Lo sé. Pero es la verdad —respondió él con suavidad.

19

Me quedé callada, luchando contra la tormenta de emociones que me agitaban. Era imposible. Nosotros veníamos de mundos diferentes. Él era el hijo de un hombre poderoso; yo, apenas la hija de una mujer que limpiaba casas. Y sin embargo, allí estábamos, compartiendo un banco en el parque, como si todo lo demás no existiera.

La conversación fue breve, interrumpida por las campanas de la iglesia que anunciaban el cierre de la tarde. Nos levantamos casi al mismo tiempo. Él me acompañó unos pasos, pero luego se despidió con un gesto respetuoso.

—Hasta el próximo domingo —me dijo, y esa frase se quedó grabada en mi corazón como una promesa.

Caminé a casa con el alma ligera, como si hubiera descubierto un secreto hermoso. Pero mientras avanzaba, no pude sacudirme la sensación de que alguien nos había estado observando. Una figura, a lo lejos, parecía haberse quedado en el borde del parque, mirando. No alcancé a distinguir quién era, ni si realmente existía. Tal vez fue mi imaginación.

O tal vez no.

Esa noche, al acostarme, acaricié mi cabello pintado y apreté contra mi pecho el pequeño Nuevo Testamento que guardaba en mi cartera. Suspiré, entre miedo y esperanza. No sabía lo que se avecinaba, pero algo en mi interior me decía que mi vida ya no sería la misma.

# CAPÍTULO 2

# EL BRILLO DE UN PRIMER AMOR

Después de aquel domingo, no pude pensar en otra cosa. Me repetía a mí misma que era una locura, que estaba imaginando demasiado, que Ron solo había sido amable porque su carácter era así. Pero cada vez que cerraba los ojos, veía su sonrisa tímida, escuchaba su voz grave pidiéndome permiso para sentarse a mi lado, y recordaba la forma en que me dijo "hasta el próximo domingo".

No era una frase cualquiera. Sonaba como promesa. Como invitación. Como un hilo invisible que nos ataba en secreto.

Toda la semana me sentí distinta. En mi casa, mientras ayudaba a mi madre a doblar la ropa que traía de las casas donde trabajaba, mi mente vagaba lejos. Mi hermana me hacía preguntas, y yo respondía con distracciones. Hasta mis amigas del barrio notaron algo raro: me dijeron que sonreía sola, que parecía vivir en las nubes. Yo negaba, aunque por dentro la sonrisa se me escapaba

El viernes en la noche, mientras peinaba mi cabello pintado frente al espejo, no pude evitar pensar: ¿y si este domingo él me vuelve a hablar? ¿y si fue solo una casualidad? ¿y si...? Cerré los ojos y oré en silencio. Le pedí a Dios que me guardara, que me diera fuerzas para no caer en ilusiones vanas, pero también le confesé algo que nunca había dicho: que mi corazón empezaba a latir diferente.

Llegó el domingo. Me puse la misma blusa que siempre reservaba para los cultos, con la falda azul que ya estaba un poco gastada en el dobladillo. No era ropa nueva, pero me la puse con el mismo cuidado de quien se viste para una cita importante. Caminé con mi madre hasta la iglesia, y mientras ella saludaba a sus amigas de siempre, yo busqué con la mirada... allí estaba él

Ron.

Esta vez se sentó solo, más cerca de donde yo estaba. Cuando entré, nuestros ojos se encontraron. Él se levantó levemente, en un gesto de saludo, y yo apenas incliné la cabeza. El corazón me palpitaba tan fuerte que temía que todos lo escucharan.

El culto transcurrió entre himnos, oraciones y un sermón sobre la fidelidad de Dios. Yo intentaba concentrarme, pero no podía. Cada vez que levantaba la vista, lo encontraba mirándome con esa calma que me estremecía.

Al terminar, la gente salió poco a poco. Mi madre me dijo que iría a visitar a una vecina antes de regresar a casa, así que me dejó libre. Yo fingí que tenía cosas que hacer en la iglesia para quedarme más tiempo. En realidad, estaba esperando.

Y no esperé en vano.

—Hola otra vez —dijo él, acercándose con paso seguro.

Me volví, tratando de parecer tranquila.

—Hola.

—¿Vas a pasar por el parque? —preguntó, como si ya supiera la respuesta.

—Sí —contesté, aunque no era cierto. Solo lo decidí en ese instante.

Sonrió, y esa sonrisa fue suficiente para desarmarme. Caminamos juntos hacia el parque, con una prudente distancia entre nosotros. No rozábamos ni siquiera los hombros, pero la cercanía me hacía sentir como si todo mi cuerpo ardiera.

Nos sentamos en el mismo banco del domingo anterior. Los niños jugaban con pelotas, las palomas picoteaban migajas en el suelo, y un anciano tocaba una armónica a lo lejos. Todo parecía común y corriente, pero para mí ese momento tenía un brillo especial

—Sabes… —empezó él, mirando al frente—. Desde niño vengo a esta iglesia porque mi madre me lo pedía. Siempre lo hacía por costumbre, pero… últimamente siento que estoy buscando algo más.

Lo miré, sorprendida.

—¿Algo más?

—Sí. Una razón. Una verdad que no se compre con dinero ni con títulos.

Su sinceridad me conmovió. Yo siempre había pensado que los de su mundo lo tenían todo, pero en sus palabras descubrí un vacío que no conocía.

—Dios siempre escucha cuando lo buscamos —me atreví a decir.

Él giró hacia mí, y sus ojos brillaron.

—¿Y tú? ¿Lo has sentido?

26

Sonreí suavemente.

—Sí. Desde niña. Él es todo lo que tengo, y lo que me sostiene.

—Entonces… —dijo, bajando un poco la voz—. Quizá por eso me atrae tanto tu forma de ser.

Me quedé helada. Mi corazón dio un salto, y apenas logré balbucear:

—No deberías decir esas cosas.

—Lo sé. Pero es la verdad —repitió, igual que el domingo anterior.

Pasamos más de una hora conversando. Me habló de su gusto por la música, de cómo a veces tocaba la guitarra en su cuarto cuando nadie lo escuchaba. Yo le conté de mis sueños de estudiar, aunque no sabía si algún día tendría el dinero para hacerlo. Reímos por cosas simples: una anécdota de su colegio, un recuerdo mío del barrio. Era como si nos conociéramos de toda la vida

Cuando el sol empezó a bajar, nos levantamos. Él me acompañó unos pasos, pero luego se detuvo.

—Quisiera verte otra vez, Esther.

Mi nombre en sus labios sonaba distinto, más dulce. Bajé la mirada, luchando entre el miedo y la emoción.

—Nos vemos en la iglesia —dije al fin, como quien lanza un salvavidas en medio de la tormenta.

—Sí. Allí —respondió él, con esa sonrisa que empezaba a volverse peligrosa para mi corazón.

Esa noche, en mi cuarto, abracé la almohada con fuerza. Repetí cada palabra, cada gesto, cada mirada. No podía creer que alguien como él quisiera hablar conmigo. Y sin embargo, una sombra de temor me recorrió: ¿qué diría la gente si nos vieran juntos? ¿qué diría su padre, don Emilio, del hijo de la familia acomodada pasando tiempo con una muchacha sencilla como yo

Cerré los ojos y oré otra vez. Pedí fuerzas para no dejarme arrastrar por ilusiones. Pedí claridad. Pero en lo profundo de mi corazón, la esperanza crecía como fuego imposible de apagar.

Las semanas siguientes se convirtieron en un secreto compartido. Cada domingo, después del culto, él encontraba la manera de acercarse. Caminábamos por el parque, nos sentábamos en el mismo banco, hablábamos de todo y de nada. Había una inocencia en nuestras charlas, pero también una intensidad que me asustaba

Ron empezó a traer un cuaderno donde escribía frases, poemas, pensamientos. Una tarde me leyó uno que había escrito después de nuestro primer encuentro:

"Te vi entre las bancas sencillas, con un resplandor que no ven los orgullosos. Tus ojos guardaban secretos que ningún lujo puede alcanzar. Y en tu silencio descubrí lo que mi alma buscaba: verdad."

Me quedé sin palabras. Nunca nadie había escrito algo para mí. Guardé esas líneas en mi memoria como un tesoro.

Pero no todo era brillo. Empecé a notar miradas en la iglesia. Mujeres que murmuraban cuando yo pasaba, vecinas que me preguntaban con un tono de curiosidad venenosa:

—¿Y ese joven de buena familia, por qué te mira tanto?

Yo me hacía la desentendida, pero por dentro temblaba. El barrio no era compasivo, y los rumores se extendían más rápido que la pólvora.

Una tarde, mientras regresaba sola del parque, tuve la

certeza de que alguien me seguía. Me giré varias veces, pero solo vi sombras. Tal vez eran mis nervios, o tal vez no.

La última vez que nos vimos ese mes, Ron me tomó de la mano, apenas un instante. Fue un gesto fugaz, pero suficiente para hacerme sentir que el mundo se detenía

—Esther... —dijo con voz baja—. No sé a dónde nos llevará esto. Pero lo que siento por ti es real.

No supe qué responder. Solo apreté su mano un segundo y luego la solté, con miedo de que alguien nos viera.

Esa noche dormí poco. Entre la emoción y el miedo, sentí que estaba caminando en la cuerda floja. El amor nacía fuerte, hermoso, pero a mi alrededor empezaban a levantarse nubes de tormenta.

Y mientras escribo estas palabras en mi memoria, aún puedo escuchar aquel eco

"Hasta el próximo domingo."

Una frase que parecía promesa, pero que también escondía un destino incierto.

# CAPÍTULO 3

# SOMBRAS EN LOS MURMULLOS

Nunca había sentido tanto peso sobre mis pasos como aquella semana. Era como si cada mirada me siguiera, como si cada esquina guardara un susurro con mi nombre. Y todo, todo, había empezado después de esos encuentros con Ron en el parque

Yo creía que nuestro secreto era solo de nosotros dos, pero el barrio tenía ojos que nunca se cerraban y bocas que nunca descansaban.

El primer rumor me llegó disfrazado de broma

—Mira quién viene, la princesa del parque —dijo Clara, una vecina con la lengua más rápida que el viento.

Lo soltó con risas, mientras sacudía una sábana en la cuerda de tender ropa. Las otras mujeres que estaban con ella se rieron también. Yo apreté los labios y seguí caminando, pero por dentro sentí que algo frío me corría por la espalda.

Ese apodo no era inocente. Alguien nos había visto.

En la iglesia, las cosas no fueron mejores. Durante el himno, sentí que dos mujeres mayores, de las más devotas, me observaban como si midieran cada movimiento mío. No necesitaban palabras: en sus ojos ya estaba escrito un juicio

Después del servicio, mientras guardaba mi pequeño Nuevo Testamento en la cartera, una de ellas se me acercó.

—Esther —dijo, con voz dulce, pero con filo oculto—. A tu edad, una muchacha debe ser prudente. Recuerda que no todo el que sonríe tiene buenas intenciones.

No mencionó nombres. No hizo falta.

Sonreí con timidez y asentí, pero al girarme vi a Ron conversando con un grupo de jóvenes. Y en ese instante comprendí: lo estaban observando a él y a mí. Estaban sumando piezas.

32

Mis noches empezaron a llenarse de oraciones más largas. Le pedía a Dios que me ayudara a mantener mi corazón limpio, que no permitiera que me desviara del camino. Pero también le confesaba, en un susurro que me daba vergüenza pronunciar, que no quería dejar de verlo. Que su compañía me daba fuerzas, que su sonrisa era un bálsamo en medio de mi rutina gris

Y en ese choque de sentimientos me dormía, con lágrimas silenciosas en la almohada.

Ron no parecía preocuparse por los rumores. Cuando nos veíamos en el parque, él hablaba con naturalidad, como si el mundo fuera solo nuestro.

—Esther, quiero mostrarte algo —me dijo un domingo, sacando una hoja arrugada de su bolsillo.

Era otro de sus escritos. En él hablaba de un río que fluía en silencio, llevando consigo piedras y ramas, pero que nunca dejaba de avanzar. "Así siento mi corazón cuando estoy contigo", decía al final.

Lo leí con el pecho temblando.

—¿Y si alguien lo encuentra? —pregunté, devolviéndole la hoja.

Él sonrió.

—Entonces sabrán lo que ya no puedo ocultar.

Su valentía me conmovía, pero al mismo tiempo me

asustaba. Yo era la que iba a pagar más caro si nos descubrían. En un barrio pequeño, los rumores pesan más que las verdades.

Una tarde, al regresar sola a casa, tuve una sensación extraña. El sol ya se ocultaba, y el viento arrastraba hojas secas por la acera. Caminaba rápido, pero algo en mi instinto me decía que no estaba sola.

Me detuve. Escuché pasos, aunque al girarme no vi a nadie. Solo la sombra larga de un árbol que se inclinaba hacia la calle.

Apuré el paso, con el corazón desbocado. Cuando llegué a la puerta de mi casa, cerré con cerrojo y apoyé la frente contra la madera. Respiré hondo, intentando convencerme de que era mi imaginación. Pero en lo profundo sabía que no. Alguien nos estaba siguiendo.

El siguiente domingo, mientras Ron y yo hablábamos en el banco del parque, sentí esa misma incomodidad. Miraba a mi alrededor con disimulo, y juraría que había un hombre de pie, a lo lejos, observándonos.

—¿Estás bien? —preguntó Ron, al notar mi distracción.

—Sí... solo pensé que vi a alguien —dije, bajando la voz.

Él giró un poco la cabeza, pero no pareció notar nada. Me tomó la mano un instante, como para tranquilizarme.

—Mientras estemos aquí, no tienes nada que temer.

Quise creerle. Me aferré a sus palabras como quien se aferra a un ancla en medio de la tormenta. Pero las sombras seguían allí, latentes.

Los rumores se hicieron más directos

—Dicen que lo tuyo con ese muchacho es serio —me soltó una amiga del barrio.

Yo me quedé sin aliento.

—No es como piensas...

—Ay, Esther —dijo, alzando las cejas—. Todos lo saben ya. Tú y él, en el parque, cada domingo. No es un secreto.

Sentí que la tierra se me abría bajo los pies. Lo que yo había guardado como un tesoro, el barrio lo repetía como entretenimiento.

Esa noche lloré más de lo que oré. Tenía miedo. Miedo de perderlo, miedo de que me arrancaran la poca paz que me quedaba.

Un jueves, al salir de la tienda donde compraba pan, escuché dos hombres hablando en la esquina. No sabían que yo los oía

—Ese Ron está perdiendo la cabeza. ¿Con qué necesidad se mete con la muchachita de allá abajo? —dijo uno.

—Ya verás que su padre lo va a enderezar pronto —respondió el otro, con una risa amarga.

Se me heló la sangre. El nombre de Emilio no fue mencionado, pero no hacía falta. Todos sabían que era un hombre de carácter duro, de esos que no aceptan un "no" como respuesta.

Caminé de prisa a casa, con el pan apretado contra el pecho. Sentía que la tormenta ya no estaba lejos: estaba encima de nosotros, a punto de estallar.


Ese domingo fue distinto. Ron estaba inquieto. Se le notaba en los gestos, en cómo apretaba y soltaba el cuaderno que traía entre las manos

—He escuchado cosas —me dijo, apenas nos sentamos—. Cosas sobre ti, sobre mí... y sobre mi padre.

Me quedé helada.

—¿Qué cosas?

—Que no aprueba ni aprobará jamás lo nuestro. Que piensa que estoy desperdiciando mi tiempo.

La voz de Ron tenía un tono de rabia contenida. Yo quise consolarlo, pero mis manos temblaban.

—Ron —susurré—, ¿y si todo esto nos trae dolor?

Él me miró fijo.

—Prefiero el dolor contigo que una vida vacía sin ti.

Esas palabras me atravesaron. Nunca nadie me había defendido así, con tanto fuego. Pero al mismo tiempo, supe que esas llamas podían consumirnos.

Cuando me levanté para despedirme, sentí otra vez la presencia. Esta vez no fue imaginación. Un hombre estaba al otro lado de la calle, apoyado en un poste, mirando hacia nosotros. Apenas distinguí su silueta, porque la luz del atardecer lo envolvía en sombras

Me aferré al brazo de Ron, alarmada.

—Allí... ¿lo ves?

Él giró, pero el hombre ya había empezado a caminar en dirección contraria.

—Seguro era alguien del barrio —dijo, intentando restarle importancia.

Pero yo lo supe. No era un simple curioso. Era alguien que quería descubrirnos, alguien que nos vigilaba.

Esa noche no pude dormir. Cada crujido de la madera en mi casa me parecía un paso en la oscuridad. Cada ladrido de perro me hacía pensar que alguien rondaba afuera.

Me arrodillé junto a la cama y oré. Pedí a Dios que nos guardara, que nos protegiera de las lenguas afiladas y de las miradas duras. Pedí que no dejara que nuestro amor naciente fuera arrancado de raíz.

Y mientras mis labios murmuraban esa oración, una certeza amarga se fue instalando en mi pecho: la calma había terminado.

El río que habíamos construido en secreto ya no corría oculto. Todos lo sabían. Y pronto, muy pronto, la tormenta caería sobre nosotros.

# CAPÍTULO 4
# LA SOMBRA DE EMILIO

La calma se había ido. Yo lo sentía en cada paso, en cada mirada que se clavaba en mí cuando cruzaba la calle. Ya no eran rumores sueltos ni risitas escondidas: ahora había nombres, advertencias, amenazas veladas.

El nombre de Emilio empezaba a retumbar en mis oídos como un trueno lejano que se acerca, inevitable.

La primera vez que lo escuché fue en boca de Rosa, una mujer de la iglesia que siempre se enteraba de todo. Yo estaba guardando los himnarios después del servicio cuando ella se acercó, bajando la voz.

—Esther, hija, ten cuidado. El padre de Ron no es cualquier hombre.

Me quedé paralizada, el himnario entre mis manos.

—¿Por qué dice eso?

—Porque ya lo sabe —dijo, mirándome con seriedad—. Sabe que su hijo se está viendo contigo. Y no está contento. El aire se me escapó de los pulmones. Apenas pude responder un murmullo de agradecimiento, pero mis piernas temblaban mientras salía de la iglesia.

Esa tarde me encontré con Ron en el parque, como siempre. Pero no fui la misma. Caminé inquieta, mirando a cada lado, con el corazón acelerado.

Él notó mi nerviosismo.

—¿Qué ocurre, Esther?

Le conté lo que Rosa me había dicho. Esperaba verlo asustado, tal vez preocupado. Pero en lugar de eso, sus ojos ardieron con una decisión que no le había visto antes.

—Déjame adivinar —dijo—. Te advirtieron de mi padre, ¿verdad?

Asentí.

—Ron, dicen que él ya lo sabe... y que está furioso.

Él apretó los puños.

—Toda mi vida he hecho lo que mi padre quiere. He estudiado lo que él dijo, me he juntado con quienes él aprobaba. Pero contigo, Esther... contigo no voy a ceder.

40

Sentí que las lágrimas me quemaban por dentro.

—No quiero que pelees con tu padre por mí.

—No estoy peleando por ti —corrigió con suavidad, tomando mi mano—. Estoy peleando por nosotros.

Sus palabras me conmovieron, pero también me llenaron de miedo. Porque aunque su amor sonaba como un escudo, sabía que no había muralla capaz de detener la furia de un padre orgulloso.

Los días siguientes fueron peores. En el barrio ya no eran insinuaciones: ahora eran comentarios directos.

—Dicen que Emilio ya te tiene en la mira —me soltó un vecino mientras yo compraba pan.

Lo dijo como quien cuenta el final de una película, sin medir el daño. Yo apreté la bolsa de pan y salí corriendo.

En casa, trataba de actuar normal para no preocupar a mi madre, pero en las noches me deshacía en llanto. Oraba con todas mis fuerzas, pidiendo protección. Sentía que el peligro estaba cada vez más cerca, como una fiera dando vueltas alrededor de mí.

El siguiente domingo lo confirmé.

Mientras me sentaba en mi banca, vi a un hombre que no solía asistir a la iglesia. Estaba de pie al fondo, con los brazos cruzados, observando con una seriedad helada. Al principio pensé que era un visitante, pero cuando nuestras miradas se cruzaron, comprendí. No era un desconocido. Era alguien enviado. No necesitaba preguntar quién.

Pasé todo el servicio con el corazón encogido. Apenas pude cantar, apenas pude orar. Sentía su mirada clavada en mí como un cuchillo.

Cuando terminó, Ron intentó acercarse a mí, pero yo le hice una seña sutil para que no lo hiciera dentro del templo. Caminamos separados hasta el parque, donde por fin pude hablar.

—Ron, alguien nos está vigilando.

Él me escuchó, con el ceño fruncido.

—¿Cómo lo sabes?

—Lo vi. Hoy, en la iglesia. No era un visitante cualquiera, era alguien... alguien de tu padre.

Ron guardó silencio. Al fin dijo:

—Entonces es verdad. Él ya lo sabe.

A partir de ese día, el parque dejó de ser refugio. Cada vez que nos sentábamos en nuestro banco, yo miraba a todos lados, temiendo descubrir otra silueta vigilante.

—No podemos seguir así —dije una tarde, con la voz quebrada—. Nos están acorralando.

Ron me miró con ternura.

—No, Esther. No van a robarnos lo que tenemos.

Sacó de su cuaderno una hoja nueva. Me la entregó con las manos temblorosas.

En ella había escrito:

"Aunque el viento sople con furia,
aunque las aguas intenten apagar el fuego,
yo seguiré buscándote.
Porque el amor que nace en verdad
no lo puede arrancar el miedo."

Las lágrimas me nublaron la vista. Apreté el papel contra mi pecho.

—Ron, yo... yo tengo miedo.

Él tomó mi rostro entre sus manos, mirándome con una intensidad que me hizo olvidar por un momento el mundo.

—No temas. Dios está con nosotros. Y yo también.

43

Pero Dios también permite pruebas. Y yo lo entendí esa misma semana.

Al salir de la tienda, un hombre se cruzó en mi camino. No era del barrio. Alto, de traje oscuro, con la mirada dura.

—Tú eres Esther, ¿verdad? —preguntó.

Mi garganta se secó.

—Sí...

El hombre inclinó un poco la cabeza, sin dejar de mirarme.

—Don Emilio sabe de ti. Y te aconseja que te alejes de su hijo. Por tu bien.

Sentí que las piernas se me doblaban. Apenas pude balbucear:

—¿Qué... qué quiere decir?

—Solo eso —respondió, con frialdad—. Por tu bien.

Y se marchó, dejándome paralizada en la calle, con el pan olvidado en la mano y el corazón a punto de estallar.


Corrí a casa y me encerré en mi cuarto. Me arrodillé junto a la cama, temblando de pies a cabeza.

—Señor —susurré entre sollozos—, ayúdame. No permitas que nos separen. No permitas que la sombra del miedo apague lo que has puesto en mi corazón.

44

Pero aunque oraba con fervor, la amenaza seguía allí, como un eco imposible de borrar:

"Por tu bien."

Supe, en ese instante, que el tiempo de esconderse se acababa. La tormenta estaba sobre nosotros. Y pronto, muy pronto, Emilio dejaría de hablar a través de otros y aparecería él mismo, con toda la fuerza de su oposición.

# CAPÍTULO 5

# EL REFUGIO DE NUESTRO AMOR

Dicen que cuando se avecina una tormenta, los pájaros vuelan más bajo, buscando un lugar donde guarecerse. Así me sentía yo esos días: con el corazón inquieto, buscando un rincón seguro donde el miedo no pudiera alcanzarme. Y ese rincón siempre tenía un nombre: Ron.

Aquella tarde el cielo estaba nublado, como si la misma ciudad compartiera mi desvelo. Caminé con paso apurado hacia el parque, abrazando mi cartera pequeña contra el pecho, como si ese gesto infantil pudiera darme valor.

Cuando lo vi, sentado en nuestro banco, mi corazón latió tan fuerte que temí que cualquiera pudiera escucharlo. Ron me esperaba con esa mezcla de paciencia y ansiedad que sólo él sabía expresar.

—Llegaste —dijo al verme, y su sonrisa iluminó el gris de la tarde.

Me senté a su lado. Nuestras manos se rozaron apenas, y ese leve contacto me estremeció más que cualquier abrazo.

—Hoy fue un día difícil —confesé, bajando la voz.

Él inclinó la cabeza hacia mí.

—Cuéntame.

—La gente habla... cada vez más. Y yo... yo siento que no aguanto tanto peso.

Ron apretó mi mano, esta vez sin miedo a que alguien lo notara.

—Que hablen. Que murmuren. Eso no cambia lo que siento por ti.

Sus palabras me envolvieron como un manto cálido. Cerré los ojos por un instante, deseando que el tiempo se detuviera allí, que el mundo entero se apagara y sólo quedáramos nosotros dos.

Pasamos mucho rato en silencio, escuchando el canto de los grillos que empezaban a anunciar la noche. Ese silencio no era incómodo; era un silencio que hablaba más que mil frases, lleno de lo que no nos atrevíamos a decir en voz alta.

48

De pronto, él sacó de su bolsillo un pequeño sobre doblado. Me lo entregó con un gesto tímido.

—Escribí algo para ti.

Lo abrí con manos temblorosas. Dentro había unas líneas de su puño y letra:

"Esther,

cuando pienso en ti, siento que el mundo deja de ser hostil.

No importa la sombra de mi padre, ni las voces que nos rodean.

Tú eres la luz que me recuerda que aún vale la pena luchar."

Las lágrimas me nublaron la vista.

—Ron... —susurré, incapaz de seguir leyendo sin quebrarme.

Él me miraba con tanta ternura que sentí que me derretía bajo sus ojos.

—No quiero que olvides nunca —añadió— que eres mi elección. No un accidente, no un capricho. Mi elección.

El viento sopló con fuerza, levantando mechones de mi cabello teñido. Ron los apartó suavemente de mi rostro, con una delicadeza que me hizo contener el aliento.

—Siempre me gustó tu cabello —dijo en un susurro—. Es como si cada color que eliges hablara de tu valentía.

Yo reí nerviosa.

—¿Valentía? Muchos dicen que es simple vanidad.

—No. Es libertad —replicó, con firmeza—. Tú te permites ser quien eres, aun cuando el mundo quiere ponerte cadenas.

Ese momento se grabó en mi piel. Sentí que él no veía sólo mi apariencia, sino algo más profundo, algo que nadie había sabido reconocer.

El sol terminó de ocultarse, y el parque quedó sumido en sombras. La gente se fue marchando poco a poco, hasta que quedamos casi solos. Sólo el rumor lejano de la ciudad nos acompañaba.

Ron se inclinó hacia mí. Su rostro estaba tan cerca que podía sentir el calor de su aliento, escuchar el leve temblor de su respiración.

Mi corazón se desbocó.

—Ron...

Él cerró los ojos apenas un instante, como pidiendo permiso al cielo. Y entonces, con una suavidad que me hizo estremecer, sus labios rozaron los míos.

No fue un beso apresurado ni desesperado. Fue un roce lento, tierno, cargado de promesas. Como si con ese gesto él me dijera: "Aquí estoy. No me iré."

Mis ojos se humedecieron. Sentí que todo el miedo, todas las murmuraciones, se deshacían por un instante. Allí, en ese beso, cabía un universo donde nada malo podía alcanzarnos.

Cuando nos separamos, mis labios aún ardían. Lo miré con asombro, con un temblor que era a la vez miedo y felicidad.

—Ron... —balbuceé— esto... esto es real, ¿verdad?

Él sonrió, acariciando mi mejilla.

—Más real que cualquier cosa en mi vida.


Nos quedamos abrazados, escuchando nuestros corazones golpear en un mismo compás. La noche avanzaba, pero ninguno quería irse.

—A veces pienso que esto es un sueño —confesé—. Que en cualquier momento voy a despertar, y descubriré que nunca fuiste mío.

—Entonces déjame ser el sueño del que nunca quieras despertar —respondió, con un brillo travieso en los ojos.

Reí entre lágrimas, apoyando mi frente en su hombro.

Ese era Ron: capaz de arrancarme sonrisas aun en medio del caos.

Pero incluso en nuestra burbuja de ternura, la realidad se infiltraba como un viento helado.

De pronto, escuché pasos a lo lejos. Me separé un poco, con el corazón sobresaltado. Una figura pasó frente al parque, observándonos apenas un segundo antes de seguir de largo.

No lo reconocí, pero el escalofrío en mi piel fue claro: alguien nos había visto.

Ron me abrazó más fuerte.

—No tengas miedo.

—No puedo evitarlo —susurré—. Siento que nos persiguen, que cada mirada es un juicio.

Él me besó la frente.

—Deja que el mundo mire. Que murmure. Nosotros sabemos lo que hay aquí —colocó su mano sobre mi pecho, justo donde mi corazón latía desbocado—. Esto no lo pueden tocar.

Esa noche, al regresar a casa, me acosté con la sonrisa aún flotando en mis labios. Cerré los ojos y volví a sentir el roce de su boca, la calidez de sus manos, la seguridad de su abrazo.

Pero en medio de esa dulzura, una certeza me heló: cada vez estábamos más expuestos. Y tarde o temprano, Emilio aparecería.

Aun así, me dormí aferrada a la esperanza. Porque aunque el peligro se acercaba, ya no podía renunciar a lo que había descubierto. Ese beso había sellado algo en mí: un pacto silencioso, una fe compartida.

Podían quitarnos la calma, podían rodearnos de rumores. Pero lo que había nacido entre nosotros... eso ya no podían apagarlo.

# CAPÍTULO 6

# UN REFUGIO EN MEDIO DEL VIENTO

El mundo afuera parecía oscurecerse cada día más. Las voces, los murmullos, las miradas pesadas seguían creciendo, como si fueran un mar dispuesto a arrastrarnos. Pero cuando estaba con Ron, ese mar se detenía. Él era mi orilla segura.

Esa tarde, al salir de casa, sentí el frío más intenso de la temporada. El viento me golpeaba la cara, y el cielo estaba encapotado, gris y amenazante. Apreté mi chal sobre los hombros y caminé rápido hacia el parque, temiendo que la lluvia se desatara en cualquier momento.

Allí estaba él, como siempre. Había llegado antes, como si su ansiedad no le permitiera esperar en otro sitio. Al verme, se levantó del banco y me saludó con una sonrisa que borró de un plumazo el frío de la tarde.

—Pensé que no vendrías —dijo, extendiendo su mano hacia mí.

—Con este clima, cualquiera se quedaría en casa... pero yo no podía dejarte esperando —respondí, mientras entrelazaba mis dedos con los suyos.

Sus manos estaban tibias, fuertes, y el simple hecho de sentirlas me daba valor.

Nos sentamos y hablamos de cosas sencillas: del viento que parecía querer llevarse los árboles, de los niños que corrían entre las hojas secas, de la anciana que siempre daba de comer a las palomas. Era como si, en medio de la tormenta que se gestaba en nuestras vidas, necesitáramos esos detalles cotidianos para sostenernos.

—¿Recuerdas cuando éramos niños y veníamos a este mismo parque? —me preguntó de pronto, con nostalgia en la voz.

—Claro que lo recuerdo —reí—. Tú siempre traías un cuaderno y te sentabas bajo aquel árbol.

—Y tú llegabas con tu cartera pequeña, como si llevaras un tesoro adentro.

56

Me sonrojé.

—No era un tesoro, eran mis cuadernos, mis colores... y un espejo chiquito. Siempre me gustó arreglarme un poco.

—Eso era lo que más me llamaba la atención —dijo, mirándome de reojo—. Esa libertad tuya. Esa forma de ponerle color a todo, incluso a tu pelo.

Lo miré con ternura. Era increíble pensar que, desde tan pequeños, ya nos habíamos estado observando, admirando en secreto, como si algo nos hubiera unido desde entonces.

De pronto, el viento arreció y unas gotas empezaron a caer. Ron me tomó de la mano y corrió conmigo hasta un quiosco vacío que había cerca. Nos refugiamos bajo el techo de chapa, riendo como niños.

—¿Ves? —dije entre risas—. Hasta la lluvia parece conspirar para tenernos juntos.

Él se acercó más, bajando la voz.

—Si eso es una conspiración, bendita sea.

Me ruboricé. La cercanía de su cuerpo, el calor de su respiración en medio del aire frío, me estremecieron hasta lo más profundo.

—Ron... —susurré, apenas capaz de sostenerle la mirada.

—Shhh… —dijo, llevando un dedo a mis labios—. No hace falta decir nada. Aquí, ahora, estamos a salvo.

Me quedé callada, sintiendo que esas palabras eran un escudo invisible contra todo lo que nos rodeaba.

Pasamos más de una hora allí, hablando de sueños. Él me contó que quería viajar algún día, ver el mar, conocer otros lugares. Yo le confesé que mi mayor sueño era simple: tener un hogar donde nadie me mirara con desprecio, donde pudiera ser yo misma sin miedo.

—Ese hogar lo construiremos juntos —dijo con firmeza—. No será fácil, pero lo tendremos.

Esa promesa me caló hondo. Lo miré, y por primera vez imaginé mi futuro no como un camino solitario, sino como un sendero compartido.

La lluvia amainó y decidimos caminar. Nos tomamos de la mano en plena calle, sabiendo que cualquiera podía vernos. Y, aunque mi corazón latía con miedo, también latía con orgullo. Por primera vez, no quise ocultar lo que sentía.

Un par de personas nos miraron de reojo, y escuché un

murmullo a mis espaldas. Pero me aferré más fuerte a su mano. Ron lo notó y sonrió.

—Déjalos. Si nos miran, es porque no saben lo que se siente esto.

Ese "esto" lo abarcaba todo: el calor de su palma contra la mía, la calma que encontraba en su presencia, la certeza de que Dios nos había puesto en el camino del otro.

Llegamos hasta la iglesia, cerrada ya a esa hora. Nos sentamos en las gradas de la entrada, y allí él me propuso algo inesperado.

—Oremos juntos —dijo.

Lo miré sorprendida.

—¿Aquí, en la calle?

—¿Qué importa el lugar? —respondió, entrelazando sus dedos con los míos—. Dios escucha en cualquier parte.

Cerramos los ojos. Él comenzó a hablar primero, con voz baja, sincera:

—Señor, gracias por poner a Esther en mi vida. Gracias por darle valor en medio de la prueba. Te pido que nos ayudes a no rendirnos, aunque los vientos soplen fuerte.

Luego fue mi turno. Apenas pude pronunciar las palabras entre lágrimas.

—Señor, ayúdame a confiar. No permitas que el miedo me robe la esperanza. Si este amor es tuyo, protégelo, cúbrelo con tus manos.

Cuando abrimos los ojos, ambos teníamos el rostro mojado, y no sólo por la humedad del aire. Nos abrazamos fuerte, y ese abrazo fue una oración en sí mismo.

La noche cayó, y con ella, el frío volvió a apretar. Ron me acompañó hasta la puerta de mi casa. Antes de despedirse, tomó mi rostro entre sus manos y me miró con una intensidad que me dejó sin aliento.

—Esther, prométeme algo.

—¿Qué cosa?

—Que pase lo que pase, no dejarás de creer en lo nuestro.

Sentí que las lágrimas me escurrían por las mejillas.

—Lo prometo.

Y él, con esa sonrisa que podía derribar todas mis murallas, dijo:

—Yo también lo prometo.

Nos quedamos así, mirándonos a los ojos, hasta que tuve que entrar. Pero al cerrar la puerta, supe que mi corazón se había quedado allá afuera, en sus manos.

Esa noche recé de nuevo, antes de dormir. No pedí ya que desaparecieran los rumores ni que se ablandara el corazón de Emilio. Sólo pedí fuerza. Fuerza para resistir, para creer, para seguir amando en medio de la tormenta.

Porque ahora lo entendía con claridad: nuestro amor no era un juego de jóvenes, ni una ilusión pasajera. Era un refugio. Era un faro en medio del viento.

Y aunque el mundo quisiera arrancarlo de raíz, sabía que ya era demasiado tarde. Ese amor había echado raíces en mi alma, y no había poder humano capaz de arrancarlo.

# CAPÍTULO 7

# LAS LENGUAS
# QUE HIEREN

Dicen que el filo de una lengua puede cortar más hondo que cualquier espada. Yo lo descubrí en carne viva esos días, cuando los murmullos dejaron de ser susurros escondidos y se convirtieron en flechas lanzadas sin compasión.

Lo primero que noté fue el cambio en las miradas. Ya no eran esas curiosidades furtivas, sino gestos abiertos de juicio. Las vecinas me observaban como si fuera una extraña, alguien que había roto un código invisible.

En la tienda, mientras pedía harina, escuché a mis espaldas:

—Qué vergüenza, tan jovencita y ya detrás de un hombre de otra clase...

La frase me cayó como un balde de agua helada. Fingí

no oír, pagué rápido y salí. Pero el ardor en mis mejillas me acompañó todo el camino de regreso.

Esa misma semana, en la iglesia, el ambiente era aún más pesado. Los saludos fríos, las sonrisas forzadas... y los comentarios que creía apagados, pero que se escapaban lo suficiente para que llegaran a mis oídos.

—No es buena influencia para él.

—Seguro lo busca por interés.

—El padre tiene razón en estar furioso.

Me sentía como una oveja rodeada de lobos.

Fue entonces cuando ocurrió lo inesperado. Rosa, la misma mujer que semanas atrás me había advertido en privado con cierta compasión, se levantó en medio de un grupo, justo en el atrio, después del servicio.

Yo acababa de salir, y varias personas se reunían en la salida. Rosa me miró fijamente, y con voz firme —más alta de lo necesario— dijo:

—Esther, ¿no tienes un poco de vergüenza?

Las palabras resonaron como campanadas. La gente calló de inmediato, todos girando hacia nosotras. Yo me quedé inmóvil, con el corazón encogido.

—No sé de qué habla, hermana Rosa —alcancé a murmurar.

Ella alzó la voz aún más:

—Claro que sabes. Todos lo saben. Te has enredado con el hijo de don Emilio, y lo haces sin pudor, como si aquí no hubiera ojos que ven.

Un murmullo recorrió el grupo. Sentí las miradas como cuchillos clavándose en mi piel.

—No es cierto... —balbuceé, aunque sabía que de nada servía negar.

Rosa chasqueó la lengua.

—Eres una muchacha humilde, deberías ser agradecida con lo poco que tienes, no andar buscando escalar a costa de un joven inocente.

Cada palabra era un latigazo.

Yo quería correr, esconderme. Pero mis pies no reaccionaban. Las lágrimas me quemaban los ojos, y una parte de mí esperaba —rogaba— que alguien me defendiera.

Y entonces lo vi: Ron, de pie al otro extremo, con los puños apretados. En dos zancadas llegó a mi lado.

—¡Basta! —tronó su voz, firme y clara—. Nadie tiene derecho a hablarle así.

Rosa parpadeó, sorprendida por su irrupción.

—Ron, hijo, yo solo digo lo que todos piensan...

—Pues todos están equivocados —replicó, mirándola con dureza—. Esther no es ninguna oportunista. Es la persona más sincera y valiosa que he conocido.

El murmullo volvió, ahora más intenso, mezcla de escándalo y sorpresa. Yo apenas podía respirar.

Ron me tomó de la mano frente a todos. Ese simple gesto fue un desafío abierto, un grito silencioso contra la hipocresía.

—Si van a juzgarla, júzguenme también a mí —añadió—, porque este amor es mutuo.

El silencio que siguió fue insoportable. Yo sentía mi pulso en los oídos, mi rostro encendido. Algunos desviaron la mirada, otros murmuraban indignados. Rosa, con la barbilla en alto, se limitó a decir:

—Pues allá ustedes. Pero no digan que no se les advirtió.

Y se marchó con paso altivo, dejando tras de sí un vacío cargado de tensión.

Salimos casi huyendo de la iglesia. Ron me llevó hasta un callejón lateral, donde nadie pudiera vernos. Yo rompí en llanto, sin poder contenerme más.

—Me humilló… —sollozaba—, delante de todos… como si fuera una pecadora descarada…

Él me estrechó contra su pecho.

—Shhh… mírame, Esther. Ellos no saben nada. Sólo hablan desde el prejuicio.

—Pero… duele tanto —susurré—. Rosa… yo confiaba en ella.

—Lo sé. Y me duele verte sufrir así. Pero escucha: lo que digan ellos no cambia lo que hay entre nosotros.

Levanté la mirada. Sus ojos estaban llenos de furia, pero también de ternura.

—Ron... no sé cuánto más puedo resistir.

—No estás sola —me interrumpió, acariciándome el rostro—. Estoy aquí. Y mientras Dios nos sostenga, nada ni nadie podrá separarnos.

Nos quedamos allí un largo rato, en silencio, oyendo el eco lejano de la ciudad. Sus brazos eran mi escudo, su voz mi bálsamo. Poco a poco, el nudo en mi pecho empezó a aflojarse.

Pero dentro de mí ya había una certeza imposible de ignorar: aquello no era casualidad. Rosa no había hablado por iniciativa propia. Alguien la había impulsado.

Y yo sabía quién.

Emilio ya no se escondía en las sombras. Su mano estaba moviendo las piezas, empujando a la comunidad contra mí. Era cuestión de tiempo antes de que él mismo apareciera para enfrentarme.

Esa noche, de regreso en mi cuarto, me arrodillé a orar. No pedí que callaran las voces ni que se borrara lo ocurrido. Sólo pedí fortaleza.

Porque ahora lo entendía: la batalla apenas empezaba.

Y aunque me temblara el alma, había algo que ni Rosa, ni los rumores, ni siquiera Emilio podían arrebatarme: la certeza de que ese amor era real.

El amor de Ron. Mi refugio.

# CAPÍTULO 8

# FE EN MEDIO DEL DESESPERO

Hay noches en que el silencio no consuela, sino que pesa. Esa noche, después de lo ocurrido con Rosa, yo sentía el aire cargado, como si cada sombra que se filtraba por mi ventana viniera cargada de juicios, de rumores, de voces invisibles que no dejaban de susurrarme lo indeseable que era. Intenté dormir, pero mi corazón no se lo permitía... y la certeza de que todo aquello no había terminado me quemaba por dentro.

Al día siguiente, Ron vino a verme. Apenas lo vi entrar a la pequeña sala de mi casa, supe que estaba distinto... sus ojos ardían, su paso era firme, como si llevara en el pecho una tormenta que ya no podía contener.

—No puedo más, Esther... —me dijo de golpe, sin siquiera saludar—, no soporto que te humillen, que te señalen como si fueras culpable de algo malo...

Su voz se quebró al final, pero no de debilidad, sino de rabia. Yo me quedé mirándolo, conmovida y a la vez asustada.

—Ron... —susurré, acercándome—, no digas eso tan fuerte, alguien podría escucharnos.

Él me tomó de las manos con fuerza.

—¿Y qué importa? Ya saben, ya todos hablan... ¿crees que me asusta? Lo que me duele es ver cómo te miran, cómo te tratan...

Yo cerré los ojos, porque esas palabras me atravesaban como espinas. Sí, dolía, pero más me asustaba verlo tan desesperado.

Nos sentamos, y él empezó a caminar de un lado a otro, sin poder estar quieto.

—He pensado en hablar directamente con mi padre, en enfrentarle de una vez... decirle que no voy a dejarte, que no importa lo que haga ni lo que diga.

Lo miré fijamente. Su voz estaba cargada de fuego, pero yo sabía lo que ese fuego podía provocar si se desbordaba.

—Ron... si lo haces ahora, será peor... —murmuré—, Emilio no es un hombre que escuche con calma... tú lo sabes.

Él se detuvo y me observó, con un dolor evidente en sus ojos.

—Entonces dime qué hago, Esther... porque si me quedo de brazos cruzados, siento que te pierdo...

Yo tragué saliva, respiré hondo, y apoyé mi mano sobre su pecho, sintiendo su corazón desbocado.

—No me vas a perder... —dije con suavidad—, no mientras sigamos juntos, no mientras confiemos...

Me abrazó con tanta fuerza que casi me quedé sin aliento. Era un abrazo desesperado, el de alguien que lucha contra un enemigo invisible.

—Quiero llevarte lejos... —susurró contra mi cabello—, aunque sea por un tiempo, aunque sea a escondidas...

Mi corazón dio un vuelco.

—Ron... no hables de huir...

—¿Y qué otra salida tenemos? —me interrumpió, separándose para mirarme a los ojos—. Aquí todos te señalan, mi padre mueve hilos contra ti, la iglesia misma te da la espalda... ¿cuánto tiempo podremos soportarlo?

Yo sentí un escalofrío, porque sus palabras eran ciertas, y al mismo tiempo sabía que correr no era la respuesta... no aún.

Me aparté un poco, necesitando espacio para respirar.

—Ron, escucha... yo también estoy cansada, yo también siento el peso de todo esto, pero no quiero que la desesperación nos haga perder lo que tenemos...

Él me observaba, con el ceño fruncido, como si intentara comprenderme.

—Yo oro todas las noches —continué—, le pido a Dios que nos dé fuerza, que nos muestre un camino… y aunque a veces parece que Él guarda silencio, siento aquí dentro —me llevé la mano al pecho— que no nos ha abandonado…

Ron bajó la mirada, y por un instante lo vi vulnerable, como un niño.

—Yo quiero creerlo, Esther… pero cada vez me cuesta más…

Me acerqué y tomé su rostro entre mis manos.

—Entonces créelo conmigo… no tienes que cargar esa fe solo, yo puedo sostenerla por los dos cuando tú sientas que no puedes más…

Sus ojos se humedecieron, y algo dentro de mí se estremeció. Nunca lo había visto tan frágil.

—Eres más fuerte de lo que pareces… —murmuró con voz ronca—, y yo… yo sólo quiero protegerte, aunque me parta en mil hacerlo.

—Y yo sólo quiero amarte… —le respondí, apenas con un hilo de voz—, aunque el mundo se nos venga encima.

Nos quedamos en silencio, respirando el mismo aire, con nuestras frentes pegadas. Afuera, los rumores seguirían creciendo, yo lo sabía… pero en ese instante, allí, el mundo se reducía a nosotros dos, y en medio de su desesperación y mi fe, había un refugio indestructible.

Esa noche, al volver a quedarme sola, pensé en él y en todo lo que habíamos hablado. Recordé su fuego, su impulso de luchar, y recordé mi propio miedo. Y entendí algo... que nuestra diferencia era, en realidad, nuestro complemento.

Él ardía por defenderme... yo sostenía la calma para que no se desbordara.

Él quería gritar contra el mundo... yo quería arrodillarme en silencio ante Dios.

Él era fuerza... yo era esperanza.

Y juntos, éramos amor.

Cerré los ojos y oré en silencio, más fuerte que nunca. Pedí que la fe que me sostenía pudiera alcanzar también a Ron, que lo llenara de la paz que yo sentía en los pocos segundos de calma.

Porque sabía que lo peor estaba aún por venir... y cuando ese momento llegara, lo único que podría mantenernos en pie sería esa unión invisible que nos unía, más allá de rumores, más allá de miedos, más allá de la furia de Emilio.

Y mientras el viento soplaba afuera, con su rumor constante, yo repetí en mi mente una y otra vez, como si fueran las palabras que me mantenían respirando:

"No estamos solos... no estamos solos..."

# CAPÍTULO 9

# LA TORMENTA ESTALLA

El aire esa tarde estaba pesado, cargado de un silencio extraño que parecía presagiar algo. Yo iba junto a Ron, caminando despacio por la plaza después del servicio en la iglesia. Él había insistido en acompañarme, aunque sabía que las miradas se nos clavarían como dardos.

Y sí, allí estaban, los ojos de medio barrio siguiéndonos, los susurros arrastrándose como serpientes entre los bancos y los árboles. Yo sentía el calor subiéndome al rostro, pero al mismo tiempo, su mano en la mía era un escudo contra todo.

—No tengas miedo —me dijo en voz baja—, no les debemos nada...

Yo asentí, aunque mi corazón palpitaba tan fuerte que parecía que todo el mundo lo oía.

Nos detuvimos cerca de la fuente, bajo la sombra de un

almendro. Ron me miró con esa intensidad que me hacía olvidar el ruido de alrededor.

—Esther... pase lo que pase, no voy a dejarte.

Le sonreí, aunque los ojos me brillaban con lágrimas.

—Ni yo a ti... aunque todo el mundo se nos oponga.

Fue en ese instante, cuando sentí que podíamos desafiar al universo entero, que la voz de trueno nos partió el alma.

—¡¿Qué significa esto?!

Me giré y lo vi. Emilio. Su figura imponente recortada contra la luz de la tarde, con los ojos encendidos de furia. Su paso firme hacía temblar el suelo, y detrás de él, varios vecinos se arremolinaron, atraídos por el espectáculo.

Mi respiración se detuvo. Ron se puso inmediatamente delante de mí, como un muro, pero Emilio ya estaba a pocos pasos.

—¡Así que es verdad! —bramó—. No solo los rumores, no solo las habladurías... ¡me lo restriegan en la cara, en plena plaza!

Las miradas curiosas se clavaban en nosotros, expectantes, ansiosas de ver sangre. Yo quise hundirme en la tierra.

—Padre... —empezó Ron, con voz firme pero temblor en las manos—, no hable así...

—¡Cállate! —le interrumpió Emilio, alzando una mano

76

como si cortara el aire—. ¿Qué vergüenza es esta? ¿Tú, mi hijo, con esta muchacha?

Yo cerré los ojos. Sentí las palabras atravesarme, cada sílaba como un golpe. "Esta muchacha". Ni siquiera me llamaba por mi nombre.

Ron dio un paso al frente, sin soltar mi mano.

—Se llama Esther. Y la amo.

El murmullo del público fue como un rugido contenido. Emilio palideció, pero sus labios se curvaron en una mueca de desprecio.

—¿Amor? ¡No me hagas reír! —escupió—. Esto es un capricho, una locura... ella te busca porque sabe lo que tienes, porque quiere aprovecharse de ti.

Yo bajé la cabeza, las lágrimas ardiendo en mis ojos. El piso se me movía, como si cada palabra arrancara un pedazo de mi dignidad.

—¡No! —gritó Ron, su voz quebrada por la furia—. ¡No se atreva a hablar así de ella! Esther no es lo que usted dice. Es más pura, más sincera que cualquiera de los que hoy nos juzgan.

Emilio avanzó otro paso, tan cerca que podía sentir su respiración cargada de rabia.

—¿Me desafías, hijo? ¿A mí? ¿Por ella?

El silencio de los vecinos era insoportable. Todos nos

miraban, algunos con morbo, otros con lástima, otros con indignación. Rosa estaba allí, la vi entre la multitud, y su gesto severo me hizo un nudo en la garganta.

Ron no retrocedió.

—Sí, lo desafío… porque no voy a dejarla.

El rostro de Emilio se endureció aún más.

—Si continúas con esto, olvídate de ser mi hijo. Olvídate de mi apellido, de mi casa, de mi apoyo. Te quedarás sin nada.

Yo solté un jadeo, apretando la mano de Ron. Quería pedirle que se callara, que no respondiera, que no me pusiera sobre la balanza frente a su padre. Pero al mirarlo, vi que no había marcha atrás.

—Entonces me quedaré sin nada… —dijo Ron, con voz firme—, pero con ella.

La plaza explotó en murmullos. Yo sentí que el aire me faltaba. Emilio se puso rojo, su furia contenida a punto de desbordarse.

—¡Malagradecido! —rugió—. ¡Estás cegado! Y tú… —me señaló con un dedo acusador que parecía un cuchillo—, tú eres la culpable de esto. Has envenenado a mi hijo con tus artimañas, pero te juro que no lograrás destruir mi familia.

Yo temblaba, sin saber si responder o huir. Quise hablar,

78

quise decir que no era así, que yo no buscaba nada... pero la voz se me quedó atrapada en la garganta.

Ron se interpuso de nuevo, como un escudo humano.

—No la culpe a ella, si va a culpar a alguien, que sea a mí. Yo la busqué, yo la elegí, y la elegiría mil veces más.

La multitud contenía la respiración. Cada palabra era un cuchillo lanzado en público, cada respuesta una grieta más en aquella muralla que Emilio había levantado entre nosotros.

Él me miró de arriba abajo, con desprecio.

—Muchacha... no sabes en lo que te has metido. Yo no descansaré hasta que desaparezcas de su vida.

Yo solté un sollozo. Ron me abrazó, fuerte, frente a todos, como un desafío abierto.

—Tendrá que pasar sobre mí —le dijo a su padre, con una calma helada—. Porque Esther y yo... ya no nos vamos a esconder.


Los murmullos estallaron como un río desbordado. Algunos se alejaron indignados, otros se quedaron para ver cómo terminaba el drama. Emilio respiraba agitadamente, su mirada llena de odio, y finalmente, escupió las palabras como veneno:

—Esto no ha terminado. Te arrepentirás.

Se giró y se marchó, dejando tras de sí un silencio helado.

Yo me quedé temblando en brazos de Ron, incapaz de sostenerme en pie. Mis lágrimas corrían sin control, pero en medio de ese dolor, había algo más: una certeza.

La tormenta había estallado al fin.

Ya no había rumores ni medias verdades. Ahora era una guerra abierta.

Y yo, aunque aterrada, sabía que no estaba sola.

Porque Ron me sostenía, y porque en lo más profundo de mi corazón, sentía que Dios también lo haría.

## CAPÍTULO 10
# EL QUIEBRE INTERIOR DE ESTHER

Nunca olvidaré el peso de las miradas en aquel momento, las voces apagadas, los murmullos que se convirtieron en cuchillos en el aire. Desde aquel día en la plaza, cuando Emilio nos sorprendió frente a todos, sentí que una parte de mí se quebró... como un vaso frágil que se estrella contra el suelo y ya no puede volver a su forma original.

Me repetía a mí misma que debía ser fuerte, que debía sostenerme en el amor que Ron me había demostrado, pero cada vez que cerraba los ojos, veía a Emilio alzando la voz, a los vecinos cuchicheando, a Rosa con esa sonrisa torcida de triunfo. Y el eco de todo eso se me clavaba en el pecho como una espina imposible de arrancar.

Esa noche no pude dormir. Me revolvía en la cama, llorando en silencio para que mi madre no me escuchara. La almohada estaba empapada y yo me sentía como si el mundo entero me hubiera puesto contra la pared. Tenía miedo. Miedo de perderlo, miedo de que él cediera ante la presión de su padre, miedo de que los rumores crecieran tanto que me dejaran sin aire.

Y, sin embargo, en medio de todo, había un rincón de mi corazón que no se rendía. Me arrodillé junto a la cama, con las manos temblorosas, y apenas con voz, susurré:

—Señor... yo no entiendo lo que estás haciendo. No entiendo por qué este amor que siento tan puro es ahora motivo de dolor y rechazo. Pero te pido que me sostengas. No me dejes caer. No me sueltes.

Las lágrimas corrían, pero sentí algo dentro de mí: como una paz suave, como un hilo invisible que me decía que no estaba sola.

Al día siguiente, la tía Lorena vino a visitarnos. Ella siempre ha sido directa, sin rodeos. Apenas me vio, notó mis ojos enrojecidos y mi voz apagada. No esperó a que yo dijera nada. Me llevó aparte, a la cocina, y con un suspiro largo, empezó:

—Mija, ya sé lo que pasó ayer. Todo el barrio lo comenta.

Sentí un nudo en la garganta. No podía ni mirarla a los ojos.

—Esther —continuó, apoyando las manos en la mesa—, tú sabes que te quiero. Yo quiero verte feliz. Pero esto que estás haciendo... —su voz se quebró un poco, como si le doliera—, esto puede arruinar tu vida.

Levanté la mirada, sorprendida.

—¿Arruinar mi vida? Tía, yo lo amo. Y él me ama.

—Sí, sí, yo sé que lo sientes así. Pero los ricos como él... —me señaló con un dedo tembloroso— nunca se casan con chicas como nosotras. Y mucho menos cuando tienen un padre tan poderoso y orgulloso como Emilio. Ese hombre no va a permitir que tú estés con su hijo. Y si se empeña... te va a aplastar.

Sus palabras me atravesaron como flechas.

—¿Entonces qué? ¿Debo renunciar? —mi voz se alzó sin querer, quebrándose al final—. ¿Debo hacer como si mi corazón no importara?

La tía suspiró y me acarició la cara, con ternura, pero también con tristeza.

—A veces, mija, hay amores que solo traen dolor. Y uno tiene que ser lo bastante fuerte para soltar antes de que duela más.

Me quedé muda. Sentí que el suelo se abría bajo mis pies.

Cuando Ron vino a verme esa tarde, yo todavía tenía las palabras de mi tía rebotando en la cabeza. Él llegó nervioso, con la camisa arrugada y los ojos encendidos, como si no hubiera dormido nada. Apenas me vio, me tomó de las manos con fuerza.

—Esther, tenemos que hacer algo —dijo sin rodeos—. Mi padre no va a parar. Yo lo conozco. Él va a mover cielo y tierra para separarnos.

Tragué saliva, con el corazón acelerado.

—Lo sé... pero ¿qué podemos hacer?

—He pensado en hablar con el pastor. Que él sea mediador. O incluso en irnos lejos, ¿entiendes? Buscar un lugar donde nadie nos moleste.

Lo miré con los ojos muy abiertos.

—¿Irnos lejos? Ron, eso es... eso es imposible.

—Nada es imposible —replicó él, apretando más mis manos—. Yo no voy a dejar que mi padre decida por mí. Ni que nadie más lo haga.

Sentí que mis lágrimas se agolpaban de nuevo. Lo amaba con todo mi ser, pero había algo en su mirada que me asustaba: esa mezcla de rabia y desesperación. Era como un fuego que ardía sin control.

Lo abracé con fuerza, apoyando mi cabeza en su pecho.

—Ron... yo solo sé que, pase lo que pase, no quiero que perdamos nuestra fe. Eso es lo único que puede sostenernos.

Él me acarició el cabello, pero no dijo nada. Y en su

silencio, sentí su lucha: entre el amor que me tenía y el odio que empezaba a crecer contra su padre.

Esa noche volví a orar. Esta vez con más lágrimas, con más temblor en la voz.

—Señor... yo no quiero odiar. No quiero que el dolor nos consuma. Te pido que guardes el corazón de Ron. Que no se pierda en su rabia. Que no pierda de vista quién eres Tú en medio de esta tormenta.

Y, por un instante, en medio del silencio de la madrugada, sentí como si mis palabras no se perdieran en el vacío. Como si alguien, en lo alto, me estuviera escuchando de verdad.

Pero la calma duró poco. Dos días después, mientras caminaba por el mercado con una bolsa de pan bajo el brazo, escuché a dos vecinas cuchichear. No se dieron cuenta de que yo estaba cerca.

—Pobrecita, tan ilusionada —dijo una.

—Ilusionada nada —respondió la otra, con veneno en la voz—. Esa muchacha sabe lo que hace. Está detrás del dinero de Ron. ¿No viste cómo se le pega?

El pan se me resbaló casi de las manos. Seguí caminando, con la cabeza gacha, las mejillas ardiendo de vergüenza. Cada palabra se me clavaba como un aguijón.

Cuando llegué a casa, me encerré en mi cuarto y lloré sin

consuelo. Y, en medio de mi llanto, lo único que me sostenía era repetir una y otra vez:

—Dios está conmigo. Dios está conmigo. Aunque todos me rechacen, Él no me dejará.

Ron vino de nuevo al caer la tarde. Esta vez estaba más inquieto que nunca.

—Esther —dijo, entrando casi sin aliento—, mi padre ha hablado con varias familias de la iglesia. Quiere que te cierren las puertas, que no te dejen participar más en nada. Quiere aislarte.

Lo miré con el alma hecha trizas.

—Entonces... ya empezó su plan.

Él golpeó la mesa con el puño, furioso.

—¡No lo voy a permitir! Si se atreve a humillarte, si te toca, si intenta destruirte... yo...

Lo abracé antes de que terminara la frase, con lágrimas en los ojos.

—Ron, no... no quiero que la rabia te consuma. Lo único que tenemos es nuestro amor... y nuestra fe. Si perdemos eso, lo perdemos todo.

Él me sostuvo contra su pecho, respirando agitado. Y en ese abrazo sentí las dos fuerzas que nos gobernaban: su desesperación y mi necesidad de aferrarme a Dios. Era como si estuviéramos en un mismo barco,

86

luchando contra la tormenta, pero cada uno con un remo distinto.

Esa noche, antes de dormir, me arrodillé de nuevo. Las palabras de mi tía Lorena, los rumores, la furia de Emilio... todo me pesaba. Pero en medio de mi oración, sentí una certeza:

Tal vez el mundo me rechace, tal vez hasta mi propia familia dude de mí, pero si Dios me sostiene, yo no caeré.

Me limpié las lágrimas, respiré hondo y me fui a la cama con un único pensamiento:

La tormenta apenas comienza... pero yo no estoy sola.

# CAPÍTULO 11
# HUMILLACIÓN PÚBLICA EN LA IGLESIA

La iglesia siempre había sido mi refugio. Aun cuando los rumores me perseguían por el barrio, cuando Rosa murmuraba cosas crueles a mis espaldas o cuando Emilio me lanzaba esas miradas de desprecio, yo encontraba en esas paredes pintadas de blanco un respiro, una paz que no se parecía a nada.

Entrar allí significaba sentirme en casa. El murmullo de los himnos, el olor a madera vieja de las bancas, la luz tenue de las velas... todo eso me daba fuerzas para seguir adelante.

Pero aquella mañana, mientras me preparaba para cantar en el coro como cada domingo, notaba algo distinto en el aire. Miradas furtivas, susurros que se apagaban cuando yo pasaba, gestos de incomodidad. Traté de ignorarlos, de concentrarme en el himnario entre mis manos, pero el presentimiento me oprimía el pecho.

Ron estaba en la última banca, con los brazos cruzados y la mandíbula apretada. Me miraba como si supiera lo que estaba a punto de ocurrir.

El pastor apenas había terminado la oración de apertura cuando una voz fuerte y autoritaria retumbó en el templo:

—¡Un momento!

El eco hizo que todos giraran la cabeza. Emilio estaba de pie en medio del pasillo, elegante como siempre, con su traje impecable y el rostro endurecido. Caminó hasta el frente con pasos firmes, como si fuera él quien dirigía la reunión.

Yo sentí un escalofrío. Mis manos empezaron a temblar, y el himnario casi se me cayó de las manos.

—Con el debido respeto, pastor —dijo Emilio, aunque su tono no tenía nada de respetuoso—, antes de continuar con el servicio hay algo que debe quedar claro frente a toda la congregación.

El silencio era absoluto. Solo se oía el crujido de la madera bajo sus pasos.

Me miró directamente, y su mirada era un puñal.

—Esta joven —dijo, señalándome con un dedo— no tiene derecho a estar aquí, participando como si representara la pureza de nuestra fe.

Un murmullo recorrió la iglesia. Yo sentí que el suelo se me abría bajo los pies.

—Ella —continuó Emilio, con la voz cada vez más fuerte— se ha entrometido en mi familia, tentando a mi hijo, arrastrándolo por un camino equivocado. Y no lo voy a permitir. Mi corazón golpeaba en el pecho tan fuerte que pensé que todos lo escucharían.

—¡Basta, papá! —la voz de Ron cortó el silencio, desde el fondo. Se levantó de la banca y caminó con pasos largos hacia nosotros—. ¡No tienes derecho a humillarla así!

Emilio lo fulminó con la mirada, pero siguió hablando, ignorando su protesta.

—Pastor, yo le exijo que esta muchacha no vuelva a subir al coro, ni a tomar parte en ninguna actividad. Si quiere venir a escuchar, que lo haga… pero como simple espectadora. Nada más.

Las palabras fueron como un balde de agua helada. Me quedé paralizada, con las manos apretadas contra mi pecho, sintiendo que todos me observaban.

Ron se colocó delante de mí, interponiéndose entre su padre y yo.

—¡Ella no ha hecho nada malo! —gritó, con la voz cargada de furia—. ¡Lo único que ha hecho es amarme! ¿Desde cuándo amar es un pecado?

El rostro de Emilio se endureció aún más.

—¿Amarte? —soltó una carcajada amarga—. Eso no es amor, hijo. Eso es manipulación. Esa muchacha busca aprovecharse de ti, de nuestra familia.

Yo no pude más. Sentí que mis mejillas ardían y que las lágrimas me nublaban la vista.

—¡No es verdad! —exclamé con la voz quebrada—. Yo nunca he buscado nada de ustedes... solo lo amo a él, con todo mi corazón.

Un silencio pesado cayó sobre la congregación. Algunos bajaron la mirada. Otros murmuraron entre sí. El pastor parecía incómodo, atrapado en medio de un huracán que no podía controlar.

La voz de Ron resonó con fuerza:

—Padre, no tienes derecho a decidir por mí. Ni a destruir la reputación de Esther delante de todos.

Emilio avanzó un paso hacia él, con la furia contenida en cada músculo de su cuerpo.

—Soy tu padre. Y mientras vivas bajo mi techo, seguirás mis reglas. ¡No volverás a verla!

El corazón se me detuvo. Mis piernas temblaron tanto que sentí que iba a desmayarme.

Ron lo miró a los ojos, con una rabia que pocas veces le había visto.

—Entonces no volveré a vivir bajo tu techo.

Un murmullo ahogado recorrió la iglesia. Era como si todos contuvieran la respiración.

Emilio lo miró, con la cara roja de furia.

—Estás cometiendo un error, Ron. Y ella será tu ruina.

Yo quise hablar, quise defenderlo, pero mi voz se ahogó en mi garganta. Solo pude aferrarme a Ron cuando él tomó mi mano frente a todos, sin miedo, desafiando la autoridad de su padre.

Ese gesto, tan simple y tan poderoso, me dio fuerzas.

—No soy su ruina —dije, con lágrimas cayendo por mis mejillas—. Si me dejan, yo seré su refugio. Y él el mío.

Algunos se miraron incómodos. Otros sonrieron apenas, como si dentro de ellos supieran que estábamos diciendo la verdad. Pero Emilio no se conmovió.

—Esto no termina aquí —dijo con una voz baja, casi un gruñido—. Van a arrepentirse.

Se dio media vuelta y salió de la iglesia, dejando tras de sí un silencio más pesado que cualquier sermón.

Cuando todo terminó, el pastor intentó retomar el servicio, pero la atmósfera estaba rota. Yo no podía dejar de temblar. Ron me sostuvo entre sus brazos, susurrándome al oído:

93

—No estás sola. Nunca lo estarás.

Y aunque la vergüenza me quemaba por dentro, aunque sentía que Emilio había logrado arrancarme el alma frente a todos, una certeza brillaba en mí:

El amor que nos unía era más fuerte que cualquier humillación.

Pero también supe, en lo más profundo de mi corazón, que Emilio no descansaría hasta destruirnos.

Esa noche, en mi cuarto, me arrodillé con las rodillas temblorosas.

—Señor... yo no puedo con esto. Pero Tú sí. Dame fuerzas para seguir. No permitas que el odio me consuma. Y, por favor, protégelo a él.

La oración salió de mis labios como un gemido, como un clamor desesperado. Y en medio de mi fragilidad, sentí otra vez esa paz suave, como un susurro que me decía:

"No temas. Yo estoy contigo."

Me abracé a esa voz invisible, porque era lo único que me mantenía de pie.

# CAPÍTULO 12

# SECRETOS Y ESPERANZA ESCONDIDA

Los días después de aquella humillación en la iglesia fueron como un desierto interminable. El silencio se volvió mi compañero, y las miradas de los vecinos, mis carceleros. Nadie me decía nada directamente, pero cada paso que daba por el barrio parecía seguido de susurros que se deshacían apenas me volteaba.

El peor castigo, sin embargo, no fue el murmullo ajeno, sino la ausencia de Ron.

Su voz, su risa, sus manos entrelazadas con las mías... todo se había evaporado de golpe.

Sentía como si lo hubieran arrancado de mi lado, como si Emilio hubiese logrado lo que tanto deseaba: separarnos no solo físicamente, sino también en el alma.

Cada noche me dormía llorando, abrazada a la almohada, preguntándole a Dios por qué me dejaba vivir ese dolor. Cada mañana me levantaba con la esperanza de verlo en la esquina, o de escuchar un silbido secreto desde la plaza... pero nada. Solo el vacío.

Su ausencia pesaba más que todas las humillaciones juntas.

Los rumores se hicieron más crueles con cada día. "Emilio lo encerró", "Ya no lo dejan salir de casa", "Lo están preparando para comprometerlo con alguien de su nivel".

Cada frase se me clavaba como espinas.

Imaginaba a Ron, atrapado en esa casa que parecía un palacio y a la vez una prisión. Lo imaginaba desesperado, golpeando puertas, gritando que quería verme. Y aunque tal vez todo eran fantasías mías, no podía dejar de sentirlo cerca, como si de algún modo sus pensamientos me buscaran aunque el mundo nos separara.

Una tarde, mientras regresaba del mercado con una pequeña bolsa de frutas, alguien me llamó en voz baja desde un callejón lateral.

—¡Esther!

Me giré de golpe. Era **Mateo**, con la gorra calada hasta las cejas y los ojos moviéndose de un lado a otro, vigilando que nadie lo siguiera.

Me acerqué con cautela, el corazón en la garganta.

96

—¿Qué pasa?

Él respiró hondo, como quien se prepara para un acto prohibido. Luego, metió la mano en el bolsillo de su chaqueta y sacó un sobre doblado.

—Es de Ron.

Lo miré, incapaz de reaccionar. Mis dedos temblaban antes de tomarlo.

—¿De... de verdad?

—De verdad —asintió, con seriedad—. Me pidió que te lo diera en secreto. Emilio lo vigila de cerca, pero logró escribirte a escondidas.

Sentí un nudo en la garganta, las lágrimas quemándome los ojos.

—Gracias, Mateo... no sabes lo que significa para mí.

Él sonrió apenas, como si entendiera más de lo que decía.

—Solo... ten cuidado. Nadie debe enterarse.

Asentí con fuerza, guardando el sobre contra mi pecho, como si ya fuera parte de mí.

Corrí a casa. Me encerré en mi cuarto, cerré la ventana, corrí las cortinas y me senté en la cama con el sobre entre las manos.

Tenía miedo de abrirlo, como si al hacerlo el papel fuera a desintegrarse, llevándose con él el único hilo que todavía me unía a Ron.

Respiré hondo, me limpié las lágrimas con el dorso de la mano y, por fin, rompí el sello.

La letra de Ron estaba un poco apresurada, inclinada, como si hubiera escrito a toda prisa con el corazón latiendo en sus dedos.

Y entonces, lo leí:

"Mi amada Esther,

si estas palabras llegan a tus manos, significa que aún queda un puente entre nosotros. Mi padre cree que puede encadenarme, pero no sabe que mi corazón ya es tuyo y no hay llave que pueda abrirlo sin tu permiso.

Han sido días insoportables, lejos de ti. Me vigilan, me encierran, me dicen que debo olvidarte, pero cada segundo sin ti es como morir lentamente.

No me rindo. No lo haré jamás. Aunque intenten apagar lo que sentimos, este amor es fuego que no se extingue.

Esther, por favor, resiste. Aférrate a nuestra fe, aférrate a lo que sabemos que es real. Yo lucharé, te lo prometo. No sé cómo ni cuándo, pero volveré a estar contigo.

Eres mi refugio, mi fuerza, mi razón de todo.

Siempre tuyo,
RON."

Las lágrimas me corrían por las mejillas mientras mis labios temblaban al releer cada palabra. Me llevé la carta al corazón, abrazándola como si abrazara a Ron mismo.

Era su voz la que resonaba en mi mente, su mirada la que se encendía en cada línea, su presencia la que me envolvía en esa habitación silenciosa.

Por primera vez en días, mis lágrimas no eran solo de dolor, sino también de alivio. Él seguía ahí. Él no se había rendido.

Me arrodillé junto a la cama, con la carta todavía entre mis manos.

—Gracias, Señor... —susurré con el corazón palpitando—. Gracias porque no lo has dejado solo, ni a mí tampoco. Dame fuerzas para esperar, para resistir. Y protégelo, por favor.

Un calor suave me recorrió el cuerpo, como si el cielo mismo me envolviera en un abrazo invisible.

Guardé la carta dentro de mi Biblia, entre las páginas de un salmo que hablaba de refugio en medio de la tormenta.

99

Cada vez que la tocaba, sentía que tocaba su mano. Cada vez que la leía, sentía que su voz susurraba en mi oído.

El mundo podía decir que estábamos separados, que Emilio había ganado, que yo estaba derrotada... pero dentro de mí ardía una certeza: **el amor seguía vivo, escondido entre esas palabras escritas en papel arrugado.**

Y mientras hubiera amor, habría esperanza.

# CAPÍTULO 13

# LA TORMENTA CEDE

El silencio de la noche me abrazaba como un manto espeso. Afuera, las voces del barrio ya se habían apagado, y solo el canto distante de un gallo, adelantado a la madrugada, rompía la calma. En mis manos, la carta de Ron se había vuelto casi una extensión de mi piel: la sacaba de su escondite una y otra vez, como si mis ojos no pudieran creer lo que ya habían leído mil veces.

"No me rindo. No lo haré jamás."

Esa frase resonaba como un tambor en mi corazón. Y de pronto, lo entendí: yo tampoco debía rendirme. Emilio podía levantar muros, podía usar su poder y su dinero como cadenas, podía tratar de borrarme del mundo de Ron... pero lo que sentíamos era más fuerte que todo eso.

Me arrodillé junto a la cama, como cada noche, pero mis oraciones habían cambiado. Ya no eran solo súplicas llorosas, ya no eran preguntas al cielo. Esa noche oré con la voz firme, los ojos cerrados y las lágrimas corriendo libres, pero con un fuego dentro de mí que no se apagaba:

—Señor, no permitas que este amor muera. Si viene de Ti, protégelo. Dame fuerza, porque sé que aún falta la tormenta más grande.

Y sí, la tormenta llegó.

Al día siguiente, en la plaza, escuché un murmullo más fuerte que de costumbre. Varias mujeres estaban reunidas cerca de la fuente, y cuando pasé con mi cesta, sentí sus miradas clavarse como cuchillos. Una de ellas, Rosa, la más venenosa de todas, murmuró en voz alta:

—Pobre muchacho... dicen que Emilio lo tiene como preso, todo por esa muchachita que no sabe su lugar.

Otra rió con ironía.

—Ya se le pasará la fiebre. Al final, siempre gana la sangre y el dinero.

Seguí caminando con la cabeza en alto, pero por dentro temblaba. Quise responder, quise gritar que no era un capricho, que no era un juego... pero guardé silencio. Porque sabía que las palabras de Ron, guardadas en mi pecho, valían más que todos esos rumores.

Esa misma tarde, Mateo volvió a aparecer. Esta vez no traía carta, solo un rostro preocupado.

—Esther, tienes que estar preparada —dijo en voz baja, caminando a mi lado—. Emilio está más furioso que nunca. Ron discutió con él anoche, y casi se fueron a los golpes.

Me detuve en seco.

—¿Qué?

Mateo asintió, con el gesto serio.

—Ron le dijo que no pensaba olvidarte, que no iba a dejar de luchar. Emilio perdió el control, gritó como nunca lo había visto. Y ahora... ahora quiere llevar esto más allá.

El aire me faltó en los pulmones.

—¿Más allá cómo?

Mateo tragó saliva, como si no quisiera decírmelo.

—Quiere sacarte de la iglesia. Quiere asegurarse de que no haya ningún lugar en el que puedan encontrarse. Dice que va a hablar con el pastor delante de todos.

El suelo bajo mis pies se volvió inestable. La iglesia era mi refugio, el único lugar donde aún podía respirar sin sentirme una sombra. ¿Y ahora también me lo quería arrebatar?

—No... —susurré, con los labios temblando—. No puede hacerme eso.

Mateo me miró con tristeza.

—Con Emilio, nunca digas "no puede".

El domingo llegó como una sentencia.

Me vestí con mi falda sencilla y mi blusa blanca, y aunque intenté mantener la calma, mis manos no dejaban de sudar. Caminé hacia la iglesia con la Biblia en el bolso y la carta de Ron escondida en sus páginas. Cada paso era un recordatorio de que podía ser el último en ese lugar.

La iglesia estaba llena. El murmullo de los fieles flotaba en el aire, y el coro afinaba sus voces en un rincón. Yo busqué un banco en la parte trasera, queriendo pasar desapercibida, pero sentí las miradas sobre mí. Miradas de juicio, de compasión, de curiosidad morbosa.

Y entonces lo vi. Emilio, de pie junto al pastor, con su porte altivo y el ceño fruncido. Ron estaba detrás de él, la mirada clavada en mí. Y aunque su padre lo sujetaba con una mano firme en el hombro, sus ojos gritaban lo que sus labios no podían decir: Estoy contigo.

Mi corazón empezó a latir tan fuerte que pensé que todos podían escucharlo.

El pastor levantó la voz, llamando al orden. Todos se acomodaron en los bancos, y el murmullo se apagó.

Emilio dio un paso al frente. Su sombra se proyectó en el altar, oscura, imponente.

—Hoy tengo algo que decir.

El silencio se volvió pesado, espeso. Yo tragué saliva, con el estómago encogido.

—Mi hijo —continuó Emilio, señalando a Ron— ha caído en un error. Un error que no pienso permitir que arruine su vida ni el buen nombre de nuestra comunidad.

Sentí que la sangre se me helaba en las venas.

—Esa muchacha —dijo entonces, y sus ojos se clavaron en mí como dagas— no volverá a poner un pie en esta iglesia.

Un murmullo de sorpresa recorrió el templo. El pastor pareció incómodo, pero Emilio no le dio espacio a intervenir.

Yo me quedé paralizada, con la garganta seca y las manos apretando la Biblia contra mi pecho.

Y entonces, algo sucedió.

Ron se soltó del brazo de su padre y avanzó unos pasos hacia el frente. Su voz retumbó con fuerza, más fuerte de lo que yo jamás lo había escuchado.

—¡No!

—¡No! —la voz de Ron retumbó en el templo, tan clara y firme que hasta el eco pareció multiplicarla.

El murmullo se alzó de inmediato. Todos giraron la cabeza, sorprendidos, incapaces de creer que él hubiera desafiado a Emilio delante de todos.

Yo me quedé sin aire, el corazón detenido en un punto entre el miedo y la esperanza.

Ron avanzó un paso más, temblando pero decidido, con la mirada clavada en su padre.

—No voy a permitir que humilles a Esther de esta manera.

El silencio se quebró en exclamaciones ahogadas. Una mujer dejó caer su himnario; alguien murmuró un "¡Dios mío!" en voz baja.

Emilio se volvió hacia él, furioso, el rostro enrojecido, los puños cerrados.

—¿Qué dijiste?

—Lo que escuchaste —respondió Ron, y su voz no titubeó—. Amo a Esther, y no dejaré que la saques de aquí ni de mi vida.

Mi pecho ardió. Era como si, después de tanto silencio, esas palabras encendieran una hoguera dentro de mí.

Lo estaba diciendo. Por fin lo decía delante de todos.

Pero Emilio no se dejó vencer tan fácil. Dio un paso hacia su hijo, imponiendo su altura, su presencia.

—Eres un insensato —rugió—. Te estás dejando arrastrar por una ilusión barata, por una muchacha que no tiene nada que ofrecerte.

Yo sentí que la tierra se abría bajo mis pies. Sus palabras me desgarraban, aunque ya no me sorprendían. Cerré los ojos un instante, buscando fuerzas en lo alto.

Cuando los abrí, vi a Ron dar un paso más.

—Ella me lo ofrece todo —dijo, y su voz tembló de emoción—. Me ofrece lo que tú no entiendes, padre: fe, ternura, sinceridad. Ella es la persona que Dios puso en mi camino, y nada de lo que digas va a cambiarlo.

El murmullo creció como un río desbordado. Algunos parecían escandalizados, otros sonreían en silencio.

El pastor trató de intervenir.

—Por favor, hermanos, calma...

Pero Emilio lo interrumpió con un gesto de la mano, los ojos clavados en su hijo.

—¿Así me pagas todo lo que te he dado? ¿Así deshonras a tu familia, a tu nombre?

Ron respiró hondo, y yo lo vi... lo vi transformarse delante de todos, como si dejara de ser el muchacho que siempre bajaba la cabeza ante su padre y se convirtiera en un hombre.

—No es deshonra, padre. Es amor.

El templo estalló en murmullos otra vez. Yo no podía moverme. Sentía las lágrimas correr por mi rostro, pero no eran de miedo, sino de un orgullo tan inmenso que me dolía el pecho.

Emilio apretó los dientes, incapaz de creer lo que escuchaba. Su voz se volvió un rugido.

—¡Te prohíbo verla! ¡Te prohíbo hablarle, pensar en ella, soñarla siquiera!

Ron se volvió hacia mí. Sus ojos se encontraron con los míos, y en ellos vi algo indestructible.

—Ya no puedes prohibírmelo —dijo.

Ese instante quedó suspendido en el aire. Era como si el tiempo se hubiera detenido: Emilio temblando de rabia, Ron firme como nunca, y yo, con las lágrimas cayendo, sintiendo que algo dentro de mí también se rompía... pero no para morir, sino para liberarse.

Me levanté de mi asiento. Las piernas me temblaban, pero di un paso al frente, luego otro. El murmullo se hizo más fuerte. Caminé hasta quedar cerca de Ron, y allí, delante de todos, levanté la voz.

—Yo también lo amo.

El silencio cayó como un manto. Ni un suspiro se escuchó.

Solo el sonido de mi corazón latiendo como un tambor.

Los ojos de Emilio se abrieron con furia, como si no pudiera concebir que me atreviera a decirlo en su cara.

—¡Cállate! —gritó, pero mi voz ya no se podía callar.

—No me callaré más —respondí, con el alma temblando pero firme—. No me avergüenzo de lo que siento. No es un error, no es una mancha, no es un capricho. Es amor, y no pienso negarlo.

El pastor intentó interceder otra vez.

—Hermano Emilio, por favor, este no es el lugar...

Pero Emilio lo apartó con un movimiento brusco. Su mirada seguía clavada en mí, como si quisiera aplastarme con ella.

—Tú... tú no sabes lo que dices.

—Sé exactamente lo que digo —contesté, con un hilo de voz que se fue transformando en claridad—. Y sé que Dios no se avergüenza de un amor verdadero.

El murmullo del pueblo se transformó. Algunos asentían en silencio, otros aplaudieron tímidamente. Había rostros que reflejaban duda, pero también otros que brillaban con complicidad.

Emilio giró la cabeza, mirando a su alrededor. Y por primera vez lo vi tambalear. Su autoridad, la que siempre había sido incuestionable, se resquebrajaba frente a esas decenas de testigos.

Ron se acercó a mí. Tomó mi mano con decisión, entrelazando sus dedos con los míos.

El contacto me recorrió como un rayo: firme, cálido, absoluto.

—Padre —dijo, y su voz sonó como un veredicto—. No puedes separar lo que ya está unido.

El silencio posterior fue como el filo de una espada. Emilio respiraba agitadamente, con el rostro endurecido, los ojos ardiendo. Por un instante, pensé que iba a gritar otra vez, que iba a golpear, que iba a arrasarlo todo con su furia.

Pero entonces lo vi bajar los hombros, apenas un centímetro, como si el peso del mundo cayera de golpe sobre él.

—No lo aceptaré... —murmuró, pero ya no sonaba como un rugido, sino como un hombre cansado—. No lo aceptaré, pero... no puedo luchar contra esto.

Sus palabras flotaron en el aire, contradictorias, duras, pero al mismo tiempo... eran una rendición.

Ron apretó mi mano con fuerza. Yo sentí que me temblaban las piernas, pero el corazón se me llenaba de una paz extraña.

Habíamos ganado. No porque Emilio nos diera su bendición, no porque el pueblo dejara de hablar, sino porque por fin había comprendido que no podía destruir lo que éramos.

Y en ese instante, en medio de ese templo lleno de murmullos, supe que la tormenta había llegado a su fin.

La reunión terminó sin himnos, sin el orden de siempre. Nadie sabía qué decir, y todos salieron en grupos pequeños, murmurando entre ellos, lanzándonos miradas que ya no me dolían como antes.

Ron y yo permanecimos de pie unos instantes más, tomados de la mano frente al altar. El pastor se nos acercó, con ojos preocupados pero también con cierta ternura en la expresión.

—Hijos, no sé qué caminos les esperan —dijo en voz baja—. Pero si van a andar juntos, háganlo con respeto, con fe y con paciencia. No se aparten del Señor.

Asentimos al mismo tiempo. Yo apreté la carta escondida en mi Biblia, sintiendo que ahora ya no era un secreto, sino una promesa.

Al salir, la luz del sol nos golpeó en el rostro. Fue como respirar después de estar mucho tiempo bajo el agua. La plaza estaba llena de vecinos que no habían entrado a la iglesia pero que sabían lo ocurrido. Todos nos miraban, algunos con reproche, otros con simpatía escondida.

No me importó.

Ron entrelazó sus dedos con los míos y caminamos juntos, en plena luz del día, sin escondernos.

—Por fin —susurró él, cerca de mi oído—. Por fin puedo caminar contigo sin miedo.

Sentí que se me llenaban los ojos de lágrimas otra vez.

—Lo logramos.

Él me miró con una sonrisa cansada pero victoriosa.

—No… Dios lo logró en nosotros.

Esa tarde nos sentamos en la plaza, bajo la sombra de un árbol enorme. No hablábamos mucho; las palabras parecían insuficientes después de todo lo vivido. Solo nos mirábamos, como si quisiéramos grabar cada rasgo del otro para nunca más olvidar que, a pesar de todo, habíamos resistido.

Yo apoyé la cabeza en su hombro, escuchando el latido de su corazón. Pensé en las veces que había llorado en mi cuarto, convencida de que lo había perdido. Pensé en la humillación, en el rechazo, en las noches interminables. Y sin embargo, allí estaba: su hombro era real, su mano era cálida, su amor seguía intacto.

—¿Sabes qué guardé en mi Biblia? —le dije en voz baja.

—¿Qué?

—Tu carta.

Ron sonrió, acariciando mi mano.

—Entonces sé que nunca se perderá.

Los días siguientes fueron extraños. Emilio apenas nos dirigía la palabra. Pasaba junto a nosotros con la mirada dura, sin detenerse. No era aceptación plena, no era bendición... pero tampoco volvía a interponerse.

En cierto modo, esa frialdad era su manera de rendirse. Y aunque dolía saber que nunca tendría su abrazo, entendí que no podía pedirle más. Su resistencia había sido derrotada no por gritos, sino por nuestra firmeza.

Yo también tuve que enfrentar las miradas del barrio, los comentarios que aún circulaban. Pero ya no me derrumbaban. Tenía a Ron de mi lado, y cada vez que lo veía sonreír, sabía que todo lo demás era ruido.

Una tarde, mientras caminábamos de regreso a casa, Ron se detuvo de pronto y me tomó ambas manos.

—Esther —dijo, con los ojos brillando—, no sé qué nos espera. Mi padre tal vez nunca cambie, y la gente tal vez nunca deje de hablar. Pero quiero que sepas algo: yo no pienso soltar tu mano.

Las lágrimas me llenaron los ojos.

—Ni yo la tuya.

Él sonrió, inclinándose un poco más hacia mí.

—Entonces, pase lo que pase, ya ganamos.

Y allí, en medio de la calle polvorienta, sin esconderse, me besó. No fue el beso robado de la primera vez, ni el tembloroso de los días de secreto. Fue un beso firme, abierto, sin miedo. El beso de alguien que ya no se esconde.

Esa noche, antes de dormir, abrí mi Biblia y toqué la carta escondida entre sus páginas. Pero ya no necesitaba leerla para tener esperanza. Ahora era un símbolo, un recuerdo de la oscuridad de la que habíamos salido.

Me arrodillé como siempre, pero esta vez mis palabras no fueron un lamento.

—Gracias, Señor —susurré con una sonrisa en medio de las lágrimas—. Gracias porque nunca nos soltaste.

Y cuando me acosté, cerré los ojos con una certeza que nunca antes había tenido: el futuro era incierto, sí, pero estaba en Sus manos. Y en esas manos, junto a Ron, yo estaba segura.

Lo último que recuerdo antes de dormirme fue el eco de la voz de Ron en la iglesia: "Es amor, y no pienso negarlo."

Esa frase sería mi himno, nuestro estandarte.

Y con ella, supe que la tormenta había quedado atrás.

**FIN**

# EPÍLOGO

El espejo que me devolvía mi reflejo no era grande ni brillante. Estaba colgado en la pared de mi habitación, un espejo viejo que había pertenecido a mi madre y que tenía un marco de madera algo astillado. Pero cuando me miré en él esa mañana, vi algo que nunca antes había visto: a una mujer a punto de casarse.

Mi vestido no era un lujo de revista. Era sencillo, blanco marfil, hecho por manos amigas en el barrio que quisieron regalarme su trabajo como señal de cariño. El velo apenas rozaba mis hombros, y mis manos temblaban mientras lo acomodaba una y otra vez. No era la tela lo que lo hacía hermoso, sino lo que representaba. Era la prueba de que habíamos llegado hasta aquí, de que Dios había escuchado cada lágrima, cada oración, cada silencio.

—Te ves hermosa —dijo tía Lorena desde la puerta, con los ojos brillando.

Sonreí, porque esa misma mujer que antes me había dicho que "ponía en riesgo mi futuro" ahora estaba allí, arreglando un pliegue de mi vestido con dedos temblorosos. A veces la vida da giros que ni la más soñadora se imagina.

La iglesia no estaba llena de flores caras, ni había candelabros dorados. Apenas algunas guirnaldas de papel blanco colgaban en las paredes, hechas por los niños de la congregación. En el altar, un ramo de flores silvestres, recogidas por Mateo y su familia esa misma mañana.

Cuando entré, tomada del brazo de mi primo mayor, sentí que el corazón me golpeaba con fuerza. Cada paso sobre el piso de madera era un eco que recordaba la historia que habíamos vivido dentro de esas paredes. Aquí nos habíamos mirado por primera vez con esa intensidad que quemaba. Aquí Emilio nos había humillado frente a todos. Aquí también, hoy, íbamos a sellar nuestro amor con la bendición de Dios.

El murmullo cesó. Todos se pusieron de pie. Y al fondo, frente al altar, estaba Ron.

Su traje era oscuro y sobrio, prestado por un amigo. Pero en sus ojos había una luz que me atravesó. No era la ropa lo que lo hacía brillar, era esa sonrisa apenas contenida, ese temblor en las manos, esa certeza de que había esperado tanto por este momento como yo.

El pastor habló palabras sencillas, pero cada una caía como un bálsamo sobre mi corazón. Habló del amor que persevera, del amor que no se rinde, del amor que se sostiene incluso en la tormenta.

Yo apenas escuchaba la mitad. Mi mirada volvía siempre a Ron. En sus ojos veía reflejados todos nuestros encuentros secretos, los susurros a escondidas, la carta que aún guardaba en mi Biblia, los besos robados bajo la sombra de un árbol. Y ahora, frente a toda la congregación, ya no teníamos que escondernos.

Cuando llegó el momento de los votos, mi voz tembló.

—Prometo caminar contigo, aun cuando el camino se torne oscuro. Prometo sostener tu mano cuando sientas que no puedes más. Prometo orar contigo, reír contigo, llorar contigo. Prometo no soltar jamás lo que Dios mismo puso en nuestro corazón.

Un murmullo recorrió la iglesia. Algunos lloraban. Otros sonreían.

Ron me miró como si fuera lo único real en todo el universo.

—Prometo honrarte, Esther, en la abundancia y en la escasez. Prometo defender tu nombre, aunque el mundo entero lo quiera manchar. Prometo que tu sonrisa será mi victoria y tus lágrimas mi batalla. Y delante de Dios, prometo no apartarme jamás de tu lado.

Sentí que las piernas me flaqueaban. El pastor nos pidió unir las manos y oró por nosotros. Y cuando dijo: "Pueden besarse", la iglesia entera estalló en aplausos.

El beso no fue largo ni apasionado. Fue tierno, dulce, suficiente para sellar la promesa. Fue el beso de quienes habían esperado demasiado y ahora podían, al fin, respirar.

Yo apenas podía contener el llanto. Todo me parecía un sueño. Los niños reían, algunos aplaudían con fuerza, y la música comenzó a sonar con guitarras sencillas y palmas alegres.

Fue entonces cuando lo vi.

En el último banco, de pie, estaba Emilio.

No había entrado con los demás, ni se había sentado cerca. Estaba allí, firme, con el rostro serio. Su traje impecable lo hacía ver aún más imponente. Durante unos segundos, temí que volviera a romperlo todo con una palabra dura.

Pero no.

Cuando nuestros ojos se encontraron, Emilio no habló. Solo bajó lentamente la cabeza, como quien reconoce una derrota, o tal vez como quien finalmente entiende algo que había resistido demasiado tiempo.

Y aunque no sonrió, ese gesto fue suficiente.

Mi corazón se apretó. Porque su silencio, en ese momento, fue la reconciliación más grande que podía darme.

La celebración no fue un banquete lujoso. Fue en el patio de la iglesia, con mesas largas y manteles de colores prestados. Había comida sencilla, hecha por las hermanas de la congregación: arroz, pollo guisado, pan recién horneado. Y sin embargo, para mí, todo tenía el sabor de una fiesta celestial.

La música seguía, y los niños corrían entre las mesas. Ron y yo no dejábamos de mirarnos, de sonreírnos como dos adolescentes que todavía no creen lo que está pasando.

Mateo se me acercó y me abrazó con fuerza.

—Te lo dije, Esther... nada de lo que es verdadero puede ser destruido.

—Gracias por ser nuestro mensajero —le dije, recordando la carta.

Él rió y me guiñó un ojo.

—Siempre supe que ustedes dos estaban destinados.

En un momento de la tarde, vi a Emilio de pie junto a una de las mesas, mirando todo en silencio. Me armé de valor y caminé hacia él.

No sabía qué esperar. Tal vez me daría la espalda, tal vez me diría que nunca me aceptaría. Pero no podía dejar pasar ese día sin acercarme.

Me planté frente a él, con las manos aún temblando.

—Gracias por venir.

Emilio me observó con ojos duros, pero no había ira en ellos. Se notaba cansado, como un hombre que había peleado demasiado contra la corriente.

—No vine por gusto —respondió al fin, con voz grave—. Vine porque... necesitaba ver con mis propios ojos que era verdad.

Tragué saliva, pero mantuve la calma.

—Y ahora que lo vio... ¿qué piensa?

Hubo un silencio largo. Después, Emilio bajó la mirada.

—Pienso... que lo que resiste tanto tiempo, no puede ser una ilusión.

No dijo más. No me abrazó, no me bendijo. Pero esas palabras fueron suficientes para abrir una grieta en su armadura. Y para mí, ese fue el mayor regalo.

Cuando la tarde caía y el sol pintaba de dorado las paredes de la iglesia, Ron y yo nos tomamos de la mano y nos alejamos un poco del bullicio. Caminamos hacia el árbol donde alguna vez nos escondimos, aquel que había sido testigo de nuestro primer beso tembloroso.

Me apoyé en su pecho y sentí cómo el mundo, al fin, se acomodaba a nuestro favor.

—¿Recuerdas este lugar? —preguntó él, acariciando mi cabello.

—Claro que sí. Aquí empezó todo.

Ron sonrió.

—Y aquí empieza todo de nuevo.

Nos besamos, esta vez sin miedo a ser descubiertos, sin temor a que una voz de autoridad nos interrumpiera. Era un beso libre, limpio, con el futuro abierto frente a nosotros.

Esa noche, cuando nos despedimos de los invitados y la iglesia quedó vacía, me arrodillé en el mismo altar donde tantas veces había llorado. Pero esta vez mis lágrimas eran distintas.

—Gracias, Señor —dije en voz baja—. Gracias porque nunca me soltaste. Gracias porque me enseñaste que tu amor es más fuerte que cualquier murmullo, que cualquier rechazo, que cualquier obstáculo.

Ron se arrodilló a mi lado y tomó mi mano.

—Este es solo el principio —susurró.

Lo miré, y supe que tenía razón.

La vida no iba a ser fácil. Lo sabía. Emilio seguiría siendo un hombre de carácter duro. El barrio seguiría hablando. La pobreza seguiría marcando mi casa y mis días.

Pero ya no me importaba. Porque ahora no caminaba sola.

El amor que habíamos defendido con uñas y lágrimas era ahora nuestro escudo. Y aunque el futuro viniera cargado de pruebas, lo enfrentaríamos juntos.

Con fe.

Con esperanza.

Con amor.

Aquella noche me dormí con una certeza grabada en el alma: todo lo vivido había valido la pena.

Porque al final, el amor no solo nos había unido a Ron y a mí. También había roto cadenas, derribado muros y encendido una luz en medio de la oscuridad.

Y esa luz, lo sabía bien, nunca más se apagaría.

**FIN DEL EPÍLOGO**

# AGRADECIMIENTOS

Primero, a Dios, el autor de la vida y de cada historia. A Él, que en medio del silencio más denso me enseñó que siempre hay un susurro de amor más fuerte que cualquier rumor, y que incluso en la prueba más dura florece la esperanza. Sin Su guía, sin Su consuelo y sin Su infinita paciencia, estas páginas no habrían visto la luz.

A mi familia, por ser tierra firme en medio de la tormenta, por enseñarme con su ejemplo que la fe no es una teoría, sino un camino que se transita día a día con amor, sacrificio y confianza. Sus palabras, sus gestos y hasta sus silencios han sido inspiración para construir a mis personajes y darles vida real en estas páginas.

A mis amigos, que con cariño, consejos y hasta preguntas difíciles me ayudaron a ver esta historia desde diferentes ángulos. Ustedes me recordaron que las historias que nacen del corazón también pueden tocar otros corazones.

A cada lector que tiene este libro en sus manos: gracias.

Gracias por abrir no solo sus ojos, sino también su alma a esta novela cristiana romántica que busca ser más que entretenimiento; que anhela ser compañía en noches de duda, un rayo de luz en días oscuros, un reflejo de que el amor verdadero y la fe auténtica siguen existiendo. Ustedes son la razón por la que las palabras se convierten en puentes, en encuentros, en milagros silenciosos.

A quienes han amado en secreto, a quienes han enfrentado oposición, a quienes han sentido que el mundo entero estaba en contra de sus sueños: este libro también es suyo. Porque sé que comprenderán cada suspiro, cada lágrima y cada sonrisa que Esther y Ron comparten en estas páginas.

Finalmente, a todos los que creen en las segundas oportunidades, en el perdón y en la fuerza del amor que nace en Dios. Mi gratitud es eterna, porque son ustedes quienes mantienen viva la certeza de que, aún en un mundo de ruidos y silencios, siempre habrá una voz que resuene más fuerte: la del amor verdadero.

# Nuriss Clark

Es una mujer cuya vida encarna resiliencia, propósito y transformación. Graduada en Teología de la Universidad Cristiana LOGOS en Jacksonville, Florida, con un Associate Degree en Estudios Bíblicos, también es Broker de Bienes Raíces con licencia en Florida y Nueva York.

En sus veintes, abrió su primera oficina de bienes raíces en Brooklyn, NY, y gracias al alto volumen de ventas, fue reconocida por Dunn & Bradstreet como una nueva empresa generando millones de dólares en ventas durante su primer trimestre.

Durante más de 20 años, ha trabajado en diversas ramas del sector inmobiliario: residencial, comercial e industrial. También ha sido broker hipotecaria, aseguradora, especialista en impuestos y contabilidad, con amplio dominio de programas como FHA, VA, préstamos convencionales y otros productos financieros.

Su historia es un testimonio viviente del poder de la fe, la perseverancia y la gracia de Dios.

Es una empresaria, inversionista y ahora autora motivacional, comprometida con inspirar a otros a nunca rendirse.

www.ingramcontent.com/pod-product-compliance
Lightning Source LLC
Chambersburg PA
CBHW060636130626

46555CB00002B/831